dicis. L'on peut remarquer que ce n'étaient pas des consciences vulgaires qu'il avait à diriger. Nommé Evêque de Lodève en 1557, il ne prit point possession de cet Evêché, sans doute parce qu'on le retint à la Cour; mais après la mort du Cardinal d'Annebaut, Evêque de Lizieux, arrivée au mois de Juin 1558, François II nomma Hennuyer à cet Evêché.

Ce fut là, & dans les temps des fureurs de la Saint-Barthelemi, qu'il donna cet exemple d'humanité qui seul immortalise sa vie. Le Lieutenant de Roi de sa province étant venu lui communiquer l'ordre qu'il avoit reçu de la Cour de massacrer tous les Huguenots de Lizieux, Jean Hennuyer, s'y opposa fermement, & donna acte de son opposition; il obtint de lui qu'il surseoirait au massacre, & par ce sage délai, il préserva les Calvinistes de sa ville & de son Diocèse.

Je sais qu'on a voulu lui ravir la gloire d'avoir sauvé les Religionnaires; mais plusieurs historiens se sont accordés à lui en conserver tout l'honneur. On croit sur de bien moindres preuves des crimes atroces & antiques qui effrayent l'imagination, pourquoi aurait-on de la peine à ajouter foi à une action, qui dans le fond n'est qu'humaine? Tout panégyriste que je suis, je crains même qu'on ne l'admire trop.

On a beaucoup écrit & disputé, pour savoir si cet Evêque avait été Dominicain ou Sorboniste; il fut homme, ce qu'on ne peut pas totalement affirmer de tous ses contemporains.

Ceux qui voudront voir son portrait iront le chercher dans le réfectoire de la Maison de Navarre.

Il mourut en 1578, étant doyen de la faculté de Théologie de Paris; ainsi il vécut environ quatre-vingts ans, dans les temps les plus orageux qu'offre notre histoire. Il n'est pas inutile de remarquer qu'il a vécu sous les régnes de Charles VIII, de Louis XII, de François I, de Henri II, de François II, de Charles IX, & de Henri III; ce qui a pu servir, je pense, à lui rappeller que les Rois ne sont pas immortels; vérité trop peu sentie sous les longs régnes. Comme le séjour habituel de la Cour, où il passa presque toute sa vie, ne put ébranler ses vertus, on peut avancer, je crois, qu'elles étaient vraiment solides.

C'est un grand & mémorable exemple que celui d'un Evêque qui, tandis que Rome (*a*) & toute la Catholicité autorise & consacre ces meurtres au nom de Dieu, les a en horreur, s'oppose aux or-

(*a*) La nouvelle de la mort de Coligni, & du massacre fut reçue à Rome avec les transports de la joie la plus vive. On tira le Canon, on alluma des feux, comme pour l'événement le plus avantageux; il y eut une messe solemnelle d'action de grace, à laquelle le Pape Grégoire XIII, assista avec toute l'éclat que cette Cour donne aux cérémonies qu'elle veut rendre Illustres. Le Cardinal de Lorraine récompensa largement le courier, & l'interrogea en homme instruit d'avance (*Esprit de la Ligue, tome II.*)

dres d'un Roi faible & furieux, d'une Cour lâche & vindicative, & défend avec courage ces victimes infortunées que proscrivaient le fanatisme & une politique non moins aveugle & non moins barbare. Il n'a pas été le seul homme en place qui se soit distingué par la même fermeté, mais ce zéle, cette humanité dans un Prêtre vivant à la Cour, & confesseur d'un Roi, frappe bien davantage, & a droit encore aujourd'hui de nous étonner.

Qu'il a été petit le nombre de ceux qui ne se montrerent pas alors indignes (je ne dis pas du nom de Chrétien, mais du nom d'homme (*)! A peine cinq ou six militaires paraissent avoir conservé dans ce temps quelques traces de justice & de lumiere naturelle; les autres commandans de province furent des forcénés, qui ne différerent pas beaucoup de ces dogues dont se servirent les Pisarres & les Vasco-Nunés, lorsqu'ils allaient à la chasse des malheureux Indiens qu'ils faisaient dévorer. Ces dogues guerriers étaient disciplinés & soudoyés comme eux. Ils obéissaient comme eux, & le savant auteur des Recherches Philosophiques sur les Américains dit qu'on trouva dans l'ancien état mi-

(*) L'ardeur du pillage échauffa encore le carnage; Brantôme rapporte que plusieurs de ses camarades, gentils-hommes comme lui, y gagnerent jusqu'à dix mille écus. Les pillards n'avoient pas honte de venir offrir au Roi & à la Reine les bijoux précieux, fruits de leurs brigandages, & ils étoient acceptés. *Ibid.*

litaire de ce temps-là, que le dogue Hérécillo gagnait deux réaux par mois pour ſervices par lui rendus à la Couronne. Je ne ſais ſi ceux qui ſervirent ſi bien Charles IX & ſa digne Cour furent auſſi bien récompenſés ; mais je maintiens leur barbarie comme beaucoup plus inconcevable. L'hiſtoire ne marque pas qu'ils aient eu le même goût que leurs confreres pour la chair humaine . . . . .
. . . .

P.S. Ce Drame a paru pour la premiere fois, imprimé à Lauzanne, au mois d'Août 1772. Ce n'était pas ſans deſſein que l'Auteur avait choiſi le retour précis de la ſeconde année ſéculaire qui rappelloit l'époque de l'horrible maſſacre de la Saint-Barthelemi. C'était après deux cents années une eſpèce d'expiation offerte à l'humanité, au nom de la Patrie ; & un hommage rendu à la vraye Religion dans la perſonne d'un Prêtre qui la repréſentait alors preſque ſeul. Tout faible qu'eſt l'ouvrage, puiſſe-t-il être un monument que le fanatiſme atroce ou ridicule (car il y en a de deux ſortes) ne trouvera plus ni appuis ni défenſeurs !

On a imprimé pluſieurs fois cette Piéce ſous le nom de M. de Voltaire. Cette erreur de Libraires contrefacteurs, n'était pas faite pour durer longtemps ; & l'on n'a pu ſans doute ſoutenir un moment la comparaiſon, auprès de cet illuſtre Ecrivain, que par cette même horreur pour la perſécution qui anime également l'Auteur de ce Drame.

PERSONNAGES.

JEAN HENNUYER, *Evêque de Lizieux.*

LE LIEUTENANT DE ROI *à Lizieux.*

SIMON, *Grand-Vicaire de l'Evêque.*

LES CURÉS *de Lizieux.*

TROUPE DE PRÊTRES.

TROUPE D'OFFICIERS.

ARSENNE *pere, habitant de Lizieux, Protestant.*

ARSENNE *fils, époux de Laure, Protestant.*

LAURE, *sœur d'Evrard, Protestante.*

EVRARD, *habitant de Paris, Protestant.*

SUZANNE, *Protestante, amie de Laure, & parente d'Arsenne.*

CLEVARD, *Protestant.*

THEVENIN, *Protestant.*

MENANCOURT, *Protestant.*

DUGAS, *Protestant.*

FOULE DE PROTESTANS.

La Scène est à Lizieux. L'action se passe le 27 Août 1572.

JEAN

JEAN HENNUYER,

ÉVÊQUE DE LIZIEUX.

DRAME.

ACTE PREMIER.

Le Théâtre représente l'appartement de Laure. Une grande armoire est entr'ouverte.

SCÈNE PREMIÈRE.

Laure range plusieurs vêtemens & linges, elle se plaît à considérer un just'au corps galamment orné.

LAURE, *seule.*

IL avait celui-là, le jour qui combla nos vœux ! Cher époux, il me semble le voir sur toi .. Et cette écharpe... Qu'il était bien !.. (*Elle baise l'écharpe &*

la serre avec soin. Elle prend un petit coffret dans lequel sont des lettres & quelques joyaux.) Lettres chéries ! vous êtes mon trésor. *(Elle lit & soupire en souriant, considérant quelques bijoux.)* Aimable en tout, on le reconnaît jusques dans ses dons ! *(Elle prend une bague.)* Il y a un an que j'ai reçu ce premier gage, je tremblais encore, & nous n'osions espérer... Qui m'eût promis alors que six mois après... Comme tout ce temps s'est écoulé ! il n'a duré pour moi qu'un instant... Oui, mais ces huit jours d'absence, ces huit jours me paraissent des années.... Il devrait être de retour.... Comme je l'attends !... Reviens, mon cher Arsenne, reviens, ta tendre Laure sent trop qu'elle ne vit plus sans toi... *(Elle prête l'oreille.)* A chaque minute il me semble l'entendre, & je suis toujours trompée. *(Elle ferme le coffret, & le rouvrant tout de suite, elle en tire une lettre.)* Que je lise encore celle ci. *(Pressant la lettre contre son sein.)* Quelle ame ! quel enjouement naïf ! quelle vérité ! *(On frappe, Laure jette tout par terre, renverse des chaises, & courant tout émue à la porte, elle l'ouvre en criant avec une respiration agitée.)* Oh ! c'est lui, c'est lui !

SCENE II.

LAURE, SUZANNE.

LAURE, *appercevant Suzanne, recule d'un air surpris & fâché.*

QUOI ! vous, Suzanne ?

SUZANNE, *un peu interdite.*

Ma bonne amie, d'où vient donc ce triste étonnement ? mon abord vous est-il fâcheux ?

LAURE, *réparant le désordre.*

Non, non, ma chere cousine ; pardon ; mais je croyais que c'était mon époux... Il n'est pas encore arrivé, jugez de ma peine.

SUZANNE.

Pour un jour de retard faut-il tant s'alarmer ?

LAURE.

Comment, pour un jour ?... Comptez-vous un jour, depuis avant hier à deux heures qu'il m'avait promis d'être à Lizieux... Nous sommes allées au-devant de lui, il nous a fallu revenir seules.

SUZANNE.

Chere cousine, que ne vous a-t-on pas dit hier au soir pour vous tranquilliser sur ce retard ?

LAURE.

Ah ! ma bonne amie ; si vous aviez aimé, vous sçauriez que les mots ne tranquillisent pas.

SUZANNE.

Vous devez cependant vous faire une raison... On ne s'en va pas de Paris comme l'on veut. Songez donc qu'il a là toute votre famille avec une bonne partie de la sienne ; une visite d'un côté, une affaire de l'autre, deux ou trois jours sont bientôt passés.

LAURE.

S'il savait mes inquiétudes, rien ne l'aurait dû arrêter.

SUZANNE.

Voilà comme le plaisir est toujours mêlé d'un peu de peine... Vous vous êtes fait une fête d'aller à Paris voir célébrer ce grand mariage (*a*) de la fille de Médicis avec le Roi de Navarre, vous avez voulu être témoin de cette alliance qui scelle notre réconciliation avec les Catholiques... Qu'elle a dû être brillante cette fête ! tous les visages devaient être bien joyeux !.. Je n'ai jamais regretté d'être seule que dans cette circonstance, parce que je n'avais pas, comme vous, un mari avec lequel j'aurais pu faire ce petit voyage ; mais quand on est fille, il faut rester à la maison.

(*a*) Les nôces de Henri, Roi de Navarre, & de Marguerite, sœur du Roi, furent célébrées avec une pompe vraiment royale. *Esprit de la Ligue, Tom. II.*

LAURE.

En vérité toutes ces fêtes si vantées, si pompeuses, paraissent bien plus belles de loin, & surtout dans les récits que l'on en fait; de près on voit peu de chose. Le tumulte, le bruit vous étourdissent, & le cœur demeure froid... Ce que ces fêtes ont eu pour moi de plus agréable, c'est qu'elles m'ont donné l'occasion de revoir encore mes chers parens. J'ai eu aussi l'avantage d'avoir amené avec moi un frere que j'aime, & qui est le meilleur ami de mon époux.

SUZANNE.

Sans doute; c'est bien son meilleur ami... Ils ne sont bien contens que lorsqu'ils se trouvent ensemble; c'est une union aussi rare que charmante.

LAURE.

Jusqu'ici son cœur a été libre; je voudrais bien qu'une fille de Lizieux pût le toucher & l'arrêter pour toujours dans cette ville, comme Arsenne a su m'y fixer. (*Elle jette un regard à Suzanne.*) M'entendez-vous, chere Suzanne? Pourquoi rougir?..

SUZANNE, *baissant la tête.*

Oh! nous parlerons de cela, ma bonne amie... Ce sera pour un autre moment s'il vous plaît.

LAURE.

Vous vous défiez de l'amour, chere Suzanne, & vous n'avez pas absolument tort: mais je vous l'asſure, quand il ſubjugue deux ames honnêtes, il ne peut qu'ajouter à leur bonheur.

SUZANNE.

Vous l'avez trouvée cette ame honnête qui ſympathiſe ſi bien avec la vôtre; moi, je ne puis me flatter d'être auſſi heureuſe. Deux mariages fortunés ſont trop rares pour eſpérer de les voir ſe ſuccéder dans le cours de la même année.

LAURE.

Pourquoi, couſine?.. Le ſecret d'être heureux conſiſte à ſe bien aimer; alors tout ſe conforme de ſoi-même à nos deſirs. Il eſt une douceur qui abſorbe les chagrins de la vie; le cœur de l'un eſt dans celui de l'autre, on ne penſe, on n'agit qu'enſemble, & ſouvent on eſt prêt tous les deux à ſe dire une même choſe... Quels doux épanchemens! quelle confiance! quel cercle d'heures fortunées!.. Non, l'exiſtence n'eſt vraiment précieuſe que pour deux époux qui s'aiment, & je préférerais aujourd'hui de perdre le jour, plutôt que ce ſentiment délicieux.

SUZANNE.

C'eſt cette crainte même de perdre un cœur qui m'auroit aimé, qui me fait redouter un engagement ſérieux... Que de ſouffrances au moindre nuage, à la plus légere ſéparation!.. Voyez par vous-même, vous allez paſſer quelques jours à Paris avec Arſenne, au moment du retour, des affaires l'y retiennent malgré lui; il vous laiſſe revenir accompagnée de votre frere, il tarde un peu plus qu'il n'a promis, & vous voilà dans des inquiétudes cruelles, dans les transes les plus douloureuses; j'ai cru hier ne pouvoir jamais vous en faire revenir. Et dites-moi si tous vos contentemens ne sont pas trop payés par de pareils troubles?

LAURE.

Oh non, ma bonne amie; l'absence, il est vrai, est cruelle; mais le retour... Ah! chere Suzanne, comme mon cœur vole au-devant de lui! Vous le connaissez, cousine; qui peut mieux juger s'il mérite d'être moins aimé? Une bonté de cœur toujours égale, un heureux caractere, une gaieté franche; quelles vertus n'a-t-il pas?.. Mon frere lui ressemble beaucoup, je voudrais bien qu'il pût vous inspirer le même amour.

SUZANNE.

Revenons, chere cousine, à ce que vous avez vu à Paris... Vous ne m'en avez déjà donné que des détails fort abrégés, qui ne me satisfont pas entiérement. Depuis que vous êtes de retour, on ne peut ni jouir de vous, ni vous faire parler comme l'on voudrait; vous retombez toujours sur le charme du mariage.

LAURE.

Que tu es cruelle! Eh! comment ne pas parler en tout temps de ce qu'on aime?

SCENE III.

LAURE, SUZANNE, UN DOMESTIQUE.

LE DOMESTIQUE.

MADAME, le papa Arsenne va descendre pour déjeuner avec vous... Il dit qu'il veut vous tenir compagnie en attendant son fils.

LAURE, *se levant avec joie, à Suzanne.*

Allons, allons au devant de lui... Le digne vieillard!.. Je le respecte autant que je l'aime.

SUZANNE, *riant.*

Eh! le voilà déjà, le cher homme!..

LAURE.

Il n'a point sa canne, ma cousine... Aidons-le à marcher... Je crains toujours, à son âge...

(Elles vont au-devant de lui, pendant ce tems on apporte une table, sur laquelle on sert le déjeuner, du vin d'un côté, du lait de l'autre.)

SCENE IV.

ARSENNE *pere*, LAURE, SUZANNE.

ARSENNE *pere*.

BON jour, ma chere fille. Et toi Suzanne, déja ?... Tu es matineuſe... fort bien, je t'en félicite, & je t'en remercie pour elle.... (*Il s'aſſied.*) Que j'aime à vous voir enſemble !... De quoi vous entreteniez-vous là toutes deux, mes aimables enfans ?

SUZANNE.

De tout ce qu'elle a vu de curieux à Paris... Oh ! quand viendra mon tour d'aller voir cette grande ville ?

ARSENNE *pere*.

Bientôt, bientôt, ma niéce.... En attendant nous en cauſerons tout en déjeûnant. (*à Laure.*) J'aime bien que l'on conte, & je ne me laſſe pas de t'entendre. (*Il s'apperçoit d'un peu de triſteſſe.*) Eh mais, encore rêveuſe, chagrine ?...

LAURE, *ſe contraignant pour ſourire.*

Non, non, cher papa, non.

ARSENNE *pere*.

Il faut que je te le diſe, ma chere Laure, tu me fis hier beaucoup de peine; en nous quittant tu me dis un bon ſoir prononcé d'un ton.... Je me ſuis détourné plutôt pour te cacher mes larmes que pour éviter les tiennes.... Tu m'as empêché de dormir toute la nuit. La pauvre enfant, diſais-je à chaque heure, elle tremble pour mon fils, elle veille & pleure.... Tes craintes m'ont troublé.

LAURE.

Mon pere.... puiſſent-elles bientôt ſe diſſiper!

ARSENNE *pere.*

Oh je ne veux point que l'on ſoit comme cela; pour s'aimer faut-il ſe tourmenter de mille terreurs chimériques, & pour quelques heures de retard créer des malheurs imaginaires.... toi qui as de la raiſon, je ne te reconnais point... Ah ça déjeûnons.

LAURE.

Pourquoi du moins n'a-t-il pas, par quelque mot d'avis, prévenu mes alarmes?

ARSENNE *pere.*

Parbleu ſi j'avais été ton époux; tu aurais donc pleuré éternellement.... Moi qui te parle, j'ai été pluſieurs années, & des années entieres ſans pouvoir jouir du bonheur d'embraſſer une ſeule fois ou ma femme ou mon fils. Il eſt vrai que portant les armes dans ces temps de guerres inteſtines, je ſongeais encore plus à ſoutenir leurs droits qu'à les revoir dans leurs foyers.... Allons, de la rranquillité, ma fille ; la paix est faite, Dieu soit béni, & soyons tous en joie.... Va, mon fils avant la fin du jour nous aura tous embrassés ; c'est moi qui t'en réponds.

LAURE.

Je l'espere bien, mais hier vous disiez de même.

ARSENNE *pere.*

Pour aujourd'hui tu verras.... Est-ce qu'Evrard est déja sorti ?

LAURE, *à un domestique.*

Avez vous vu mon frere ?

LE DOMESTIQUE.

Madame, il est allé de grand matin faire sa tournée dans la ville, il a dit en partant qu'il irait peut-être hors des portes, au-devant de Monsieur son beau-frere, voir s'il n'arriverait pas.

ARSENNE *pere.*

Les chers enfans ! je les vois d'ici qui se rencontrent sur le grand chemin & qui s'embrassent avec un cœur... à leur santé. (*Il boit.*) C'est un excellent garçon que cet Evrard, n'est-il pas vrai, ma niéce ?

SUZANNE.

Oui, mon oncle.... Allons, cousine, reprenez votre gaieté accoutumée ; quelque chose de votre voyage. Je n'ai jamais vu Paris, & je brûle d'entendre toutes les descriptions qu'on en fait. Ce n'eſt que là, je penſe, que l'on voit ce qu'il y a de beau & de merveilleux.

ARSENNE *pere.*

J'ai preſque regret de n'avoir pas été avec vous; mais à mon âge on fuit le fracas. J'ai vu tant de fêtes dans ma jeuneſſe. D'ailleurs mon fils y était, c'eſt tout comme moi-même.... redis-moi toutefois ce qui m'intéreſſe. Vous avez été voir enſemble l'amiral Coligny. Répétez-moi bien cela. On vous a préſentés à lui, n'eſt-il pas vrai? Eh bien qu'en diſait mon fils? C'eſt là un vertueux humain, un grand général, un digne patriote.... J'ai ſervi ſous lui, nous nous connaiſſons bien. Un jour.... Mais cela irait trop loin... dis, dis.

LAURE.

Mon pere, il nous a parlé de vous avec une amitié tendre & diſtinguée... Il était alors dans ſon lit, aſſis ſur ſon ſéant. Quel reſpect nous imprimait ſes traits vénérables! nous arroſions de larmes les mains qu'il nous tendait...

ARSENNE *pere.*

Quoi, l'aſſaſſin (*a*) qui l'a bleſſé n'eſt pas encore découvert?

(*a*) Coligny fut bleſſé au bras gauche par le nommé Maurevel, qu'on appellait publiquement le tueur du Roi. Cet aſſaſſin tira à Coligny un coup d'arquebuſe par une fenêtre couverte d'un rideau, lorſque l'Amiral revenait du Louvre. *Eſprit de la Ligue, Tome II.*

LAURE.

On le pourſuit, nous a-t-on dit.... Comme nous entrions, nous avons vu ſortir de chez lui Médicis & le Roi. Il en avait reçu les marques d'attachement les plus extraordinaires (*a*) il était tranquille alors, ſans émotion, ſans trouble, & diſait ſe trouver aſſez bien.

ARSENNE *pere.*

Dieu veille ſur ſes jours! c'eſt le plus ferme ſoutien de notre parti infortuné. Notre défenſe ſans doute était juſte.... Eh que reſtera-t-il donc à l'homme ſi l'on veut lui ravir juſqu'à la liberté de penſer! Français catholiques! ô mes compatriotes, ne reconnaiſſons-nous pas le même Dieu? A quoi ont ſervi tant de combats cruels? Eſt-ce en ſe déchirant le flanc que l'on apprend à mieux célébrer le créateur.... Il fut un temps, où déſolé de voir l'embrâſement de cette guerre civile, j'aurais plutôt ſouhaité que nous puſſions tous devenir catholiques; mais peut-on agir contre ſa propre conſcience? Eſt-il en notre pouvoir d'avouer une croyance que nous rejettons en nous-mêmes? Il faudrait donc devenir fourbes, hypocrites, menteurs, & alors je préférerais de combattre & de

---

(*a*) Charles ſe rendit dans la chambre du malade, avec ſa mere, le Duc d'Anjou, les Maréchaux de France & un brillant cortége. *Ibidem.*

mourir... Mais pardon, ma fille, je vous entretiens de batailles. Un vieillard qui a servi est sujet à ce défaut. Parlons plutôt de cette grande alliance dont tu viens d'être témoin... Tout devait y être bien brillant.

SUZANNE.

Quelle magnificence cela devait faire ? Tout le monde dit que c'était une profusion; & d'un faste, d'un *éclat*.... *mais* les *époux* avaient-ils l'air bien contents.

LAURE.

S'il faut le dire; sous tous ces superbes dehors, je n'ai point apperçu de véritable joie. Une nôce bourgeoise m'a toujours semblé plus riante. Cet appareil magnifique ne sert qu'à déguiser l'ennui. Tout est consacré à je ne sais quelle représentation. On observe scrupuleusement l'étiquette, & l'on manque la gaieté. Il faut que la gaieté dans ce pays soit contraire à l'étiquette. Non, les époux n'avaient pas l'air content, je crois. Et la plupart des physionomies de cette cour ne me plaisent point. Médicis a le regard funeste, & Charles IX semble être le page de sa mere. Je ne sais, mais je ne lui trouve ni cette noblesse, ni cette dignité affable qui caractérise un Roi. Le Prince de Béarn, par exemple...

ARSENNE *pere*.

Vous voulez dire le Roi de Navarre.

LAURE.

Oui, mon pere.

ARSENNE *pere le front épanoui de joie.*

Eh bien ?

LAURE.

Ah voilà une phisionomie d'homme à se faire adorer de tout le monde.... un front ouvert qui inspire la confiance .... des traits qui peignent la grandeur d'ame & la bonté. Il a avec cela un certain air amoureux qui ne déplaît à personne.... Oh, j'aimerais bien à voir un Prince de ce caractere assis sur le trône de France.

ARSENNE *pere.*

Avec un Ministre tel que Coligny, n'est-ce pas, ma fille ?

SUZANNE.

Messieurs les catholiques ne trouveraient peut-être pas leur compte à vos arrangemens.

ARSENNE *pere.*

Je suis bien sûr que Coligny ne serait point persécuteur, & que le Roi de Navare leur laisserait cette liberté qu'ils veulent nous ravir. Je serais le premier à défendre leurs droits, si l'on avait l'injustice de les contraindre ; mais que dis-je ? Nous n'avons plus de vœux à former. Le calme a succedé aux orages. La paix est cimentée aux pieds des autels ; elle a réuni les partis opposés. Tout nous promet à l'avenir des jours aussi tranquilles que fortunés.

SCENE V.

Les Acteurs précédens, EVRARD; *il entre d'un air effaré & sombre.*

LAURE, *se levant avec précipitation.*

Mon frere !... De retour sans mon époux ?

EVRARD.

Bon jour, ma chere Laure.

LAURE.

Avez-vous été loin au-devant de lui, mon frere ?

EVRARD, *les yeux baissés.*

Assez loin, ma sœur.

LAURE.

Quoi, vous ne l'avez pas rencontré, ni lui, ni personne qui l'ait vu ?

EVRARD.

Personne.

ARSENNE, *pere*

Vous devez avoir grand appétit... Asseyez-vous là & déjeûnez.

EVRARD.

Non.

SUZANNE, *à Evrard.*

Mais qu'avez-vous ?

LAURE.

LAURE.

Qu'eſt-ce donc mon frere, comme vous êtes changé ?

EVRARD.

Moi ?

ARSENNE *pere.*

Il n'aura rien pris encore ... Et le grand air ...

LAURE, *le regardant fixement.*

Qu'avez-vous ?

EVRARD, *s'efforçant de ſe remettre.*

Mais je n'ai rien, ma ſœur ; rien du tout, vous dis-je, rien.

ARSENNE *pere, après l'avoir examiné.*

Vous êtes en effet un peu pâle. Jamais il ne faut ſortir à jeun, entendez-vous ; mais buvez un bon verre de vin, cela vous remettra. (*Il lui verſe du vin.*)

EVRARD, *s'approchant d'Arſenne, bas à ſon oreille.*

Avez-vous un petit moment à me donner ? ..

ARSENNE *pere.*

Eh ! pourquoi donc ?

EVRARD.

Paſſons dans une autre chambre, je vous prie

ARSENNE *pere.*

Préſentement ?

EVRARD.

Oui, & ſur-tout ſans faire ſemblant de rien.

ARSENNE *pere.*

Allez le premier ... je vous ſuivrai ... Non, laiſſez-moi faire. (*ſe levant.*) Ma fille, je reviens, ce n'eſt que pour un inſtant.

LAURE, *audevant de la porte.*

Où allez-vous, mon pere? .. Evrard, où allez-vous?... Vous me faites mourir... Votre air, votre ſon de voix... Eh mon Dieu que lui ſerait-t-il arrivé! Qu'auriez-vous appris?

EVRARD.

Ma ſœur, ſoyez tranquille.

LAURE.

Non, je ne le ſerai pas... Pourquoi ſe ſéparer de moi?... Je ne vous crois point, & je crains tout.

EVRARD, *ſe domptant.*

Ne puis-je avoir quelque choſe de particulier à lui communiquer? Et ſur quoi vous alarmez-vous?

LAURE.

Sur quoi, mon frere?... Votre viſage vous trahit... Va, tu peux tout dire après la terreur où tu m'as jettée.

EVRARD.

Hélas! que vous dirai-je, ma ſœur?

SCENE VI.

Acteurs précédens, MENANCOURT.

MENANCOURT, *troublé*.

MON cher Evrard, Arsenne est-il de retour?... Sauriez-vous?... Nous sommes tous tremblans... Mon pere m'envoye... Je viens vous demander des nouvelles.

EVRARD, *lui faisant en vain quelques signes*.

A moi! des nouvelles?

MENANCOURT.

Oui, vous avez été hors de la ville... On m'a dit que vous avez appris sur la route quelque chose du désastre qui est arrivé dans Paris.

LAURE.

Un désastre!... à Paris!...

SUZANNE, *la soutenant*.

Ah! ma bonne amie, pourquoi vous épouvanter à ce point.

ARSENNE *pere*.

Parlez, Evrard, car la frayeur exagere les maux & son imagination prompte à s'enflammer va toujours saisir l'excès du malheur... Il ne peut être que moindre dans la vérité... Parlez....

EVRARD.

Eh bien, il ſerait inutile de vous rien déguiſer & d'ailleurs le poids qui m'accable pèſe trop ſur mon cœur... Apprenez .... (*Il s'arrête.*)

ARSENNE *pere.*

Acheve, Evrard, tu m'interdis... Acheve.

EVRARD.

Je tremble, j'héſite à le dire. (*Il les prend chacun par une main & leur dit à demi-voix.*) On parle d'une trahiſon abominable....

LAURE.

Comme il me fait frémir !

EVRARD.

On dit que cette paix ſi ſacrée, ſur laquelle nos freres ſe ſont endormis, vient d'être horriblement violée. On parle de ſurpriſes nocturnes, de violences, d'aſſaſſinats. Selon les uns, nos freres ont été égorgés dans leurs lits; ſelon les autres, on a embraſé leurs maiſons. L'Amiral même, dit-on, a été maſſacré dans ſon hôtel, & par l'ordre du Roi.

ARSENNE *pere, détachant ſa main avec feu de celle d'Evrard, & d'une voix pleine de véhémence*

Par l'ordre du Roi ! Coligny ! ne le croyez pas, ma fille, ne le croyez pas... Cela eſt-il poſſible ! .. Par l'ordre du Roi ! ... N'avons nous pas la ſauvegarde de ſa parole ? N'avons-nous pas à ſa voix dépoſé tout ſoupçon ? ... Qui peut inventer de pareils blaſphêmes & ſe plaire à les répandre ! ...

Evrard, votre cœur a-t-il dû y ajouter foi, & comment votre bouche ose-t-elle les répéter ?

EVRARD.

J'ai vécu parmi nos ennemis. J'ai vu de près cette cour, & je sais trop ce qu'on en peut attendre.

LAURE.

O mes tristes pressentimens ! seriez-vous les avant-coureurs du malheur de ma vie ?... Suzanne, ne m'abandonne point.

ARSENNE *pere.*

Ma fille, vous croiriez...

LAURE.

Eh, si je le croyais, j'aurais déja cessé de vivre.

ARSENNE *pere, avec chaleur.*

Allez, il n'existe point de pareils monstres sur la surface de la terre. Un Roi de vingt-deux ans n'embrasse pas ses sujets, ne les invite pas à des fêtes publiques pour les égorger à l'issue des festins.... Quoi, tant de promesses ; quoi tant de témoignages de bonté n'auraient été qu'une feinte employée pour enfoncer plus sûrement le poignard dans nos cœurs !

EVRARD.

Puisse cette affreuse nouvelle bientôt se démentir !... Je suis dans un état violent.... A peine me connais-je... Mon cher Arsenne, mon ami, nous sommes partis sans toi, nous t'avons laissé dans cette ville malheureuse avec notre mere, &...

SUZANNE, *à Evrard à voix basse.*

Imprudent ! Eh ménagez sa sensibilité !

LAURE.

Mon frere ! est-ce ainsi que vous me rassurez ?

EVRARD, *à Laure.*

Pardon, ma sœur, je ne songeais pas à toi... Va, croyons-en plutôt l'expérience d'un pere. Ce bruit se trouvera sans fondement. Tu ne tarderas pas à revoir ton époux, & moi mon ami.

LAURE.

Cruel ! de quel ton tu me consoles !... Tu voudrais me donner une espérance qui te manque... Va, il n'y aura que sa présence qui pourra me tranquilliser.

EVRARD, *avec un frémissement secret.*

Le ciel n'aura pas permis ces épouvantables cruautés.

ARSENNE *pere.*

Non, non... modérez-vous, mes enfans ; on n'est point impitoyable & barbare de sang froid. J'ai vu nos adversaires lever le glaive sur nos têtes mais c'était dans le choc des batailles. Je les ai connus trop braves à Jarnac, à Moncontour, aux plaines de Saint-Denis pour devenir si tôt de lâches assassins... Qui a osé imaginer une aussi détestable histoire ? Quelque méchant ténébreux qui s'est plu à épouvanter l'esprit de ses concitoyens par ces peintures sanglantes & bizarres qui en imposent à la multitude... Que de fois j'ai vu les plus petites causes, les plus puériles, alarmer tout un Royaume... D'ailleurs est-ce pour la premiere fois que vous vous êtes trouvés abusés par les faux bruits, qui courent ?

LAURE.

Hélas ! les mauvais se sont presque toujours confirmés.

ARSENNE *pere, à Evrard.*

Mais de qui enfin tenez-vous une nouvelle aussi absurde ?

EVRARD.

Turinge, que j'ai rencontré est le premier qui m'a glacé d'effroi. Dugas, Clévard, ont dit la même chose, ainsi que plusieurs des nôtres.

LAURE.

Plusieurs !... mon pere ! plusieurs !... ciel ! ce serait la vérité !

ARSENNE *pere.*

Allons, ma fille, je sors de ce pas. Je souffre trop d'entendre de pareils discours. Je saurai qui interroger, je remonterai à la source, & j'espere bientôt vous convaincre que ce bruit est non-seulement faux, mais dénué même de toute apparence.

LAURE.

J'irai avec vous, mon pere... J'irai par-tout... Suzanne m'accompagnera.

ARSENNE *pere, avec réflexion.*

Non, demeurez, ma fille; nous reviendrons... Gardez-vous bien d'écouter vos alarmes; songez qu'elles offenseraient la nature & l'humanité.

LAURE.

Eh! comment ne pas frémir après ce qu'on vient d'annoncer... Arsenne! mon cher Arsenne!

ARSENNE *pere, lui prenant les mains.*

Eh! ma chere fille, si je pouvais le croire, que ferais-je encore sur la terre? C'est alors que j'aurais trop vécu; je voudrais mourir à cette place en te serrant la main, & en prononçant le nom de mon malheureux fils....

SCENE VII.

Les précédens, THEVENIN, *troupe de Protestans.*

THEVENIN.

RESPECTABLE Arſenne, nous ſommes tous plongés dans la conſternation. Le malheur exiſte-t-il ? Où eſt votre fils ? S'il arrivait, il pourrait calmer nos frayeurs.... Elle vont en augmentant.

ARSENNE *perc.*

Meſſieurs, croyez que tous ces rapports émanent d'une ſource obſcure, & ne nous rendons pas complices d'un bruit dont on pourrait nous faire un crime par la ſuite.

THEVENIN.

Ces rapports ſe ſont déja beaucoup multipliés. Ils ſemblent venir de pluſieurs endroits. Heureuſement cependant qu'ils paraiſſent ſe contredire.

ARSENNE *pere, vivement.*

Ah, je le crois. (*à Laure*) Entendez-vous, ma fille, ces rapports ſe contrediſent. Bientôt ils s'en iront en fumée.

THEVENIN.

Dieu le veuille... j'ai mon neveu à Paris... il m'eſt bien cher.

UN PROTESTANT.

J'y ai mon pere.

UN AUTRE PROTESTANT.

Moi, mon frere.

UN AUTRE.

Je viens d'y envoyer mes enfans.

EVRARD, *embrassant l'un d'eux.*

Ah malheureux que nous sommes, en serons-nous quittes pour la terreur?

ARSENNE *pere.*

Mes amis, n'allons pas au-devant du désespoir. Nous n'avons aucune certitude. Un moment encore, & nous nous reprocherons sans doute nos craintes. Je me hâte d'aller m'informer de ce qui doit les dissiper. Je me transporterai sur le grand chemin pour interroger tous ceux qui arriveront, & vous rougirez bientôt d'avoir cru.

LAURE, *donnant le bras à Arsenne.*

Je vous accompagne, mon pere. Je ne vous quitte point... Allons apprendre ce que le ciel a décidé sur notre sort; mais hélas, que je ne rentre jamais dans cette ville, s'il est tel qu'il nous menace.

Fin du premier Acte.

ACTE II.

SCENE PREMIERE.

LAURE, SUZANNE.

Laure arrive, pâle, échevelée, les yeux noyés dans les larmes, les bras tendus & levés au ciel, précipitant ses pas dans une espece de désespoir. Elle va tomber sur un fauteuil, laissant pencher son corps en entier sur un des bras. Susanne la suit, & se jette un genou en terre en l'embrassant pour la relever. Laure abaisse sa tête contre son sein, & demeure immobile dans un douloureux silence.

LAURE.

LAISSE, laisse ; tes soins sont inutiles ... il est temps que je meure ... ma mere ... mon époux ... tu l'as entendu ... ni le sexe, ni l'âge n'ont été épargnés !.. La paix est dans le tombeau qu'ils habitent... C'en est fait, c'en est fait ... tout est perdu pour moi : (*après un long silence.*) Dieu ! tu sais pour qui je t'implore... N'est-il plus, ou l'aurais-tu dérobé au fer des assassins ?... Ah ! s'il était ainsi ! mille actions de graces te soient rendues... J'embrasse toutes les autres douleurs, les plus longues, les plus horribles ; mais pour celle-là, ô mon Dieu, daigne, daigne me l'épargner... (*Elle retombe accablée & muette.*)

SCENE II.

Les Acteurs précédens, ARSENNE *pere*, EVRARD, THEVENIN.

Arsenne pere, soutenu par Thevenin, & suivi d'Evrard, arrive à pas lents jusqu'en présence de Laure ; ils s'arrêtent tous trois à la contempler dans un morne silence.

ARSENNE *pere.*

PUISSE la douleur me délivrer bientôt de ce monde !.. terre sanglante !... jour affreux !.. je vous quitte. Qui pourrait vouloir survivre à de pareilles horreurs....Ah ! c'est bien à cette heure que je gémis d'avoir vécu trop longtemps.

LAURE.

O ma mere !.. O mes chers parens !.. O toi pour qui j'expire de terreur !...

ARSENE *pere.*

Mourons, ma fille, mourons; ſuivons nos freres lâchement maſſacrés. La France arroſée de leur ſang, n'eſt plus notre patrie ... recevez-moi dans votre ſéjour, martyrs glorieux de notre religion. Et toi, Coligny, ombre ſacrée, pardonne, ſi avant toi j'ai commencé à pleurer mon fils !

LAURE.

Tout ce qui m'eſt cher n'eſt plus, ſans doute, & je ne puis mourir... O tourment !

EVRARD.

Que ne ſuis-je reſté à Paris ? Je les aurais défendus, je ſerais tombé à leurs côtés, & je ſerais moins à plaindre que dans cette cruelle incertitude... Si j'ai perdu l'homme que j'aimais, ce frere, ce cœur tendre & généreux, il ne me reſtera plus au monde qu'à le venger... Il le ſera, ma ſœur, il le ſera, j'en jure par toi. (*D'un ton ſombre.*) S'il eſt mort, tu n'as plus de frere. Tremblez, lâches & féroces aſſaſſins, vous n'avez pas tout égorgé. Il reſte encore de cette déplorable famille quelqu'un qui ſaura profiter de vos horribles leçons... Qu'entends-je ? Quel bruit ?

Pluſieurs Réformés ſont à la porte, & l'ouvrent ſubi-

tement, ils jettent tous un cri en s'écartant pour faire passage à Arsenne.

Arsenne ! Arsenne ! Arsenne !

Laure se retourne, & laisse voir un visage où se peignent tous les sentimens qui agitent son cœur. Tous les personnages sont en mouvement.

SCENE III.

Les Acteurs précédens, ARSENNE *fils.*

ARSENNE *fils. Il entre en désordre, & s'élance; en passant il embrasse son pere & Evrard.*

MON pere !.. Mon ami !..

ARSENNE *pere, & Evrard.*

Mon fils !.. Mon ami !..

ARSENNE *fils, dans les bras de son épouse; & d'une voix étouffée.*

O ma bien aimée, je te revois encore !..

LAURE.

Tu vis, & je te presse dans mes bras, (*La tête penchée, & d'une voix affaiblie par l'excès du sentiment.*) Je meurs de saisissement & de joie... (*Ils restent quelques moments embrassés : Laure se dégage, & le fait asseoir.*)

ARSENNE *pere, avec entrailles.*

O, Dieu ! vous m'avez sauvé mon fils !

EVRARD.

Nous te revoyons !.. Réponds-nous, ami ; tu ne t'es donc pas trouvé ?..

ARSENNE *fils, les bras tendus, la bouche ouverte, les yeux enflammés.*

Laissez-moi respirer.

EVRARD, *après un moment d'intervalle.*

Dis-nous seulement, aurais-tu été témoin du massacre de cette nuit..

ARSENNE, *fils, se levant avec précipitation, & se tournant vers Evrard en lui montrant ses vêtemens.*

Tiens... regarde mes vêtemens...

LAURE *le prend par un bras, & d'un œil alarmé visite ses habillemens.*

Dieux ! ils sont tout couverts de sang... Tu es blessé...

ARSENNE *fils, à Laure.*

Ce sang que tu vois n'est pas le mien... Hélas ! c'est celui de ta mere, de ton oncle, de tes plus proches parens, de tous ceux enfin qui avec moi ont voulu les défendre.

LAURE *jettant un cri.*

Ma mere !.. Quoi, son âge !.. Les monstres l'ont assassinée...

ARSENNE *fils.*

A mes yeux !

EVRARD, *courant toute la Scène en furieux.*

Ciel !.. ma mere !.. vengeance, vengeance !

ARSENNE *pere tombe à côté de Laure.*

Chaque inſtant nous apporte des horreurs imprévues... Où ſommes-nous malheureux ?.. Une main inviſible nous a-t-elle précipités au ſéjour des démons ?

ARSENNE *fils.*

Cette Cour abominable, fléau perpétuel de la nation, a médité le crime... Paris nage dans le ſang. Nos freres ſont égorgés. Leurs aſſaſſins triomphent, & foulent aux pieds leurs corps ſanglans.

EVRARD.

Acheve ... ma fureur eſt calme ... parle, je peux t'écouter...

ARSENNE *fils.*

Leur déteſtable fête cachait le meurtre. En ſignant la paix, ils ſignaient notre mort... Les lâches ! ils nous tendent la veille une main careſſante, ils nous ſouhaitent une nuit tranquille, nous nous endormons ; ils briſent nos portes, & nous réveillent en nous perçant le ſein.

EVRARD.

Et comment nous es-tu rendu ?

ARSENNE *fils.*

Je ne ſais... A travers les flambeaux, les poignards, les meurtriers, les ruiſſeaux de ſang, les monceaux de corps étendus qui barraient les paſſages, l'horreur & la confuſion de cette nuit effroyable, j'ai échappé par miracle à leurs coups.

EVRARD.

EVRARD.

Et tu n'as pu échapper que seul... Les nôtres... Dieu !

ARSENNE *fils, du ton du désespoir.*

Quel reproche !.. Eh ! demande-moi plutôt, pourquoi dans cette ville il est encore des habitans... La mort était par-tout... Je combats les assassins, je me trouve renversé parmi les mourans, & bientôt je n'embrasse plus que des cadavres. J'avais perdu le sentiment ; ils me laisserent pour mort, mais revenant à moi, je suis sorti, pour ainsi dire, du tombeau des miens. J'ai erré par la ville. L'arme sanglante que je portais à la main, mes cheveux hérissés, mes habits souillés de sang & de poussiere m'ont fait regarder moi-même comme un assassin... Enfin, précipitant mes pas égarés, j'ai franchi l'espace qui me séparait de vous. (*il retombe accablé.*)

LAURE, *à Suzanne.*

Dispense-toi de ces vains secours, & ne cherche point à ranimer ma misérable vie.

ARSENNE *fils, après un silence.*

Suis-je loin en effet de ces monstres barbares ?... Mes idées se troublent ... ma pensée s'enfuit ... les victimes de leur férocité, pâles & déchirées, me poursuivent & m'environnent. Je les vois encore ! (*En pleurant.*) Ah ! mon pere, j'en mourrai.

LAURE.

Tu es dans nos bras, cher époux ; je n'ai plus de mere ... hélas ! daigne vivre pour moi.

ARSENNE *fils.*

Moi, vivre après ce que j'ai vu?.. Ah! cette nuit horrible n'a point frappé vos regards. Vous n'avez pas entendu les cris de rage des aſſaſſins, mêlés aux cris expirans de mes proches. Vous n'avez pas reçu leurs ſoupirs lamentables. Vous ne les avez point vus la main ſur leurs bleſſures, prendre de leur ſang, le montrer au ciel, & tomber en implorant des vengeurs... Je me ſauve chez Coligny. Je voulais mourir auprès de ce grand homme, ou du moins y rallier notre parti diſperſé. On précipitait ſon corps déchiré. Guiſe foulait aux pieds ſes cheveux blancs. Sa troupe impie inſultait encore à la dépouille du plus honorable des humains!

ARSENNE *pere, avec enthouſiaſme.*

Fureur inſenſée! fureur impuiſſante! ſon ame rayonnante de gloire, mon fils, était déjà dans les cieux.

ARSENNE *fils.*

Pourriez-vous nommer ceux qui conduiſaient la horde effrenée des meurtriers?... A leur tête marchaient ces émiſſaires de Rome, déchaînés du fond de leurs retraites ſolitaires, monſtres infernaux, allaités des poiſons de l'Italie. Une joie cruelle anime leurs regards. D'une main ils deſignent les victimes avec l'image du Chriſt, de l'autre ils portent le poignard dans leurs cœurs. Ils échauffent avec le nom du Roi & celui de Dieu, le carnage trop lent à leur gré. Ils lèvent leurs mains enſanglantées pour bénir l'homicide qui frappe le plus de coups. Ils relevent, ils encouragent le bras du meurtrier, laſſé de forfaits. J'ai vu juſques à des enfans, (*a*) excités par l'exemple, égorger d'autres enfans endormis dans leurs berceaux.

EVRARD, *errant ſur la ſcène.*

Quel tableau, Dieu vengeur! & ton tonnerre repoſe!

ARSENNE *fils.*

Je cotoye la Seine, ſes eaux rouges de ſang, voituraient des corps défigurés. Je paſſe devant le Louvre. Quel ſpectacle! un peuple immenſe avec des gémiſſemens & des cris déſeſpérés, imploirait un aſyle aux portes du palais de ſes Rois. Clameurs plaintives, cris pitoyables, vous avez frappé l'oreille du Souverain ſans émouvoir ſon âme. Que dis-je! c'eſt là que les bourreaux marchaient d'un air plus triomphant, que les flambeaux redoublés éclairaient une plus vaſte ſcène de carnage. Le ſang des ſujets regorge à longs flots ſous l'œil tranquille du Monarque. Les lances, les piques hériſſées des ſoldats renverſent, déchirent ce peuple ſans défenſe,

(*a*) *Des enfans de dix ans tuerent des enfans au maillot.* Ces faits-là ne ſont pas controuvés. Malheur à qui les imaginerait!... Ils ne ſont que trop atteſtés par tous les Mémoires du temps.

tandis que Charles & ſon barbare frere (*a*) du haut de leur balcon, dans leur féroce allégreſſe, font voler la mort ſur ceux qui fuyent, & tirent ſur ces infortunés, reclamant leur appui, & qui leur tendaient les bras!

ARSENNE *pere.*

Arrête ... épargne-moi... Plutôt mourir ſur l'heure que d'en entendre davantage.

EVRARD.

Et voilà nos chefs! (*Après un ſilence.*) Amis! vous venez de l'entendre, (*Aux Proteſtans.*) Ce ſont ces Prêtres qui ont donné le ſignal du meurtre... Le coup vient de Rome. Médicis a reſpiré l'air de ce climat... C'eſt elle qui a tranſporté dans le nôtre, des crimes juſqu'alors inconnus... Laiſſerons-nous

---

(*a*) J'ai lu ces propres mots dans les Mémoires manuſcrits de M. Felibien des Avaux, qu'il avait extraits des Mémoires de M. Poullain, Lieutenant-Général de la Prévôté de l'Iſle de France, Auteur du procès-verbal contenant l'hiſtoire de la Ligue, ſous le regne de Henri III. » Henri, Duc » d'Anjou, qui fut Roi, après Charles IX ſon frere, ſous » le nom d'Henri III, & le Duc de Guiſe dans les ordres » qu'ils envoyerent dans les provinces, ordonnaient de n'é» pargner ni les vieillards, ni femmes groſſes, ni enfans agiſ» ſant ou à la mammelle. Henri eut l'honneür de tuer à » coups d'arquebuſe par une des fenêtres du Louvre, qui eſt » la cinquiéme devant la place du Louvre, à compter du » petit pont de la Reine, ſept perſonnes; & ſon frere Charles » IX en tua trois; & riait ſi haut avec éclat, qu'on les en» tendait d'en bas. «

tant d'horreurs impunies ?.. Attendrons-nous qu'elles ſe renouvellent ?... Nous tenons ici du moins un de ces chefs ſanatiques qui ont fait de l'homme un monſtre ſanguinaire.

ARSENNE *fils, aſſis.*

C'eſt aux flambeaux des autels qu'ils ont allumé les flambeaux du carnage.

EVRARD.

Mon ſang bouillonne, & brûle de les immoler...

ARSENNE *fils ſe levant tout-à-coup, fixant Evrard, & lui prenant la main.*

Eh bien ... payons la mort par la mort, & que les auteurs du maſſacre tombent les premiers ſous nos coups.

LAURE, *les ſéparant, & ſe mettant entr'eux deux.*

Ah ! parlez plutôt de vous ſauver... Oublies-tu pour qui le ciel t'a conſervé ?.. Vois ton pere, vois ton épouſe... Fuyons avant que cet orage ſanglant s'étende plus loin... Que ſait-on s'il n'arriverait pas juſques à nous ? Un courage inutile n'eſt qu'une imprudence téméraire... Crois que ſans toi tant de forfaits ne reſteront pas ſans châtiment. Remets-en le ſoin à ce vengeur ſuprême qui a compté les ſoupirs de toutes les victimes !

ARSENNE *pere.*

Je l'approuve... Tu te dois avant tout à ton épouſe, & tu n'es plus à toi. Fuis, fuis avec elle.

Allez, & ne vous repoſez pas que vous ne ſoyez en ſûreté... Je ſaurai bientôt vous rejoindre.

LAURE.

Nous ne vous quitterons pas d'un ſeul inſtant, mon pere ! ce n'eſt qu'en vous ſauvant que nous croirons nous échapper.

ARSENNE *pere.*

Ne ſongez point à moi... Eh ! qu'ai-je à perdre ? Quelques jours malheureux & voiſins du trépas. Partez, vous dis-je ? Prenez la route de l'Angleterre. Abandonnez pour jamais cette affreuſe patrie que le fanatiſme arroſe du ſang de ſes plus dignes citoyens.

ARSENNE *fils.*

Vous jugez la fuite néceſſaire, & je fuirais ſeul ! & je laiſſerais ici nos freres troublés, incertains, tremblans dans leurs maiſons, la tête ſous le couteau mortel... Non ... je ne partirai que le dernier. Leur ſalut à tous me regarde, & m'eſt plus cher que le mien.

ARSENNE *pere.*

Chacun de nous prendra différens ſentiers pour ſe réunir ſur la frontiere. Nous te ſuivrons tour-à tour, &....

ARSENNE *fils, l'interrompant.*

Le malheur nous rend tous égaux, mon pere. Le péril doit ſe partager de même. Dans ces redoutables inſtans, eſt-il permis de ſéparer ſa cauſe de celle de ſes amis ? Non... Allez, j'ai vu mourir les miens, je ſaurai mourir auſſi... C'eſt à vous de partir avec ma femme & Suzanne, leur ſexe & votre âge ſont un privilege, mais nous....

SCENE IV.

Les Acteurs précédens, CLEVARD, & *pluſieurs nouveaux Réformés qui entrent avec lui.*

CLEVARD, *d'une voix triſte & plaintive.*

AMIS infortunés ! voici donc auſſi notre dernier jour....

ARSENNE *fils.*

Clevard ! Que viens-tu nous dire ?

CLEVARD, *à Arſenne fils.*

Hélas ! tu ne t'es ſauvé de Paris que pour périr aujourd'hui avec nous. La rage de nos ennemis ne ſe borne pas à la capitale ; elle s'étend ſur toute la France. Par-tout nous ſommes proſcrits (*a*). Cette

(*a*) Charles IX autoriſa de ſon nom le maſſacre qui ſe fit dans les provinces. Il fut horrible à Meaux, à Bourges, à Orléans, à Lyon, à Toulouſe, à Rouen, ſans compter les petites villes, les bourgs & les châteaux particuliers, où les Se-

malheureuse ville va subir le même sort. C'est un embrasement universel où nous allons tous disparaitre.

LAURE.

Eh ! que tardons-nous ?... Fuyons, fuyons tous ensemble.

CLEVARD.

Ah ! Madame, si la fuite était possible, je ne serais plus ici. Les portes de la ville viennent de se fermer. Des brigades sont répandues sur les chemins. La garnison est sous les armes : elle a bloqué les murs. Entendez-vous le bruit des tambours ? le son redoublé des cloches ? Tout annonce notre trépas.

FOULE DE PROTESTANS.

Hélas ! où fuir ?

(Ils expriment leur effroi & leur douleur par divers signes.)

CLEVARD.

Les Eglises des Catholiques sont ouvertes. Ils s'y rassemblent comme dans un jour solemnel. J'ai passé près d'eux, & j'ai lu notre arrêt dans leurs

---

gneurs ne furent pas toujours en sûreté contre la fureur des peuples ameutés. Les cadavres pourissaient sur la terre sans sépulture, & plusieurs rivieres furent tellement infectées des corps qu'on y jettait, que ceux qui en habitaient les bords ne voulurent de longtems boire de leurs eaux, ni manger de leur poisson. (*Esprit de la Ligue, Tom. II.*)

regards... O vous amis, qu'une même ſoi unit & raſſemble, qu'allons-nous devenir?

ARSENNE *fils, va ſaiſir une arme, chacun l'imite.*

Armons-nous, armons-nous... Il ne s'agit plus de fuir... Vendons cher notre ſang.., Où te cacherai-je, chere épouſe?.. Comment te dérober à leur férocité?

LAURE *armée, & ſe rangeant auprès de ſon époux.*

Va, j'aurai un courage égal à leurs fureurs.. Ils verront ce qu'eſt une femme qui combat pour ce qu'elle aime.

EVRARD, *armé.*

Je vous défendrai tous juſqu'au dernier ſoupir.

ARSENNE *fils, à ſon pere, en pleurant.*

Mais, vous, mon pere, vous hélas! quel ſera votre ſort?... Votre bras affaibli par les années, n'eſt plus celui qui s'eſt diſtingué dans les combats... a cette idée je friſſonne. Un tremblement univerſel me ſaiſit...

ARSENNE *pere, avec grandeur.*

Je ne daignerai point m'armer contre de lâches aſſaſſins. Qu'ils trempent leurs mains dans mon ſang, qu'ils me délivrent du jour qu'ils m'ont rendu odieux, j'y conſens... ta main du moins, mon fils, fermera ma paupiere. Je n'approuve pas toutefois cette défenſe quoique légitime : mon fils ! nous donnerons la mort, & nous ne l'éviterons pas. Je préférerais d'attendre & de recevoir le coup comme Coligny.

ARSENNE *fils, d'un ton douloureux.*

Comme Coligny ! ah Dieu ! quel nom avez-vous prononcé ?... Il redouble ma fureur, ou plutôt il m'éclaire. (*Jettant l'épée.*) Non, je n'ai plus beſoin de cette arme. Recours faible & impuiſſant, je t'abjure. (*D'un ton plus calme.*) Seul, je vous vengerai tous, amis ; ſeul je me ſens la force d'épouvanter & d'arrêter vos aſſaſſins !... Ciel ! ſi tu m'as conſervé le jour, je le reconnais enfin, c'eſt pour un autre exemple, & je le dois à la terre.

EVRARD.

Ami ! quel eſt ton projet ?

Arſenne ne répond rien. Il ſe couvre le viſage des deux mains, errant ſur la ſcène.

SCENE V.

Les Acteurs précédens, MENANCOURT.

MENANCOURT, *accourant avec effroi, & a pas précipités.*

Helas ! où trouver un asyle ? Quel Dieu daignera nous protéger .... je viens me rejoindre à vous, mais pour mourir.

LAURE.

Ah Menancourt !

MENANCOURT.

Nous ne pouvons leur échapper. Ils nous tiennent enfermés comme de vils troupeaux que l'on doit égorger. Ne craignez pas qu'ils viennent à cette heure ; ils sauront bien comment nous surprendre sans rien hazarder. Ils attendront le milieu de la nuit. Alors le signal éclatera ; assaillis par le nombre ; & brûlés dans nos propres maisons, bientôt tout sera dit de nous.

LAURE.

O mon pere, ô mon cher Arsenne.

MENANCOURT.

Aucun de nous ne sera épargné !

FOULE DE PROTESTANS.

Hélas ! nous n'avons donc plus qu'à tendre la gorge à ces satellites de l'enfer armés contre les vrais fideles. (*Environnant Arsenne pere.*) Dans ces extrémités quel parti faut-il prendre?

ARSENNE *pere, avec des sanglots.*

Attendre la mort en prieres, mes enfans, & la recevoir en martyrs. Nos freres du haut du ciel nous tendent les bras!...

FOULE DE PROTESTANTS.

Qu'ils sont heureux ceux qui se sont endormis dans la tombe avant ces jours d'horreurs!

MENANCOURT.

L'Evêque triomphe; il appelle autour de lui ces hommes hypocrites qui prêchent la paix, & dont le cœur ne vit que pour la haine; ils ne demandent tous que le sang de ceux qu'ils ne peuvent tromper ou corrompre.

ARSENNE *fils sortant de sa léthargie*

Poursuis, Menancourt, poursuis...

MENANCOURT.

Ils courent dans toutes les maisons aiguiser les poignards qui nous sont destinés. Ils applaudissent à ces épouvantables forfaits. Ils prononcent d'une bouche homicide le nom de Dieu. Ils effrayent par l'anathême de Rome ceux à qui l'humanité parlerait encore.

ARSENNE *fils, dans un mouvement désordonné & rapide, tirant un poignard.*

C'en est trop... Vous voyez ce poignard... Il va nous faire justice.... C'est trop honorer des aſſaſſins que de les combattre ... Evrard ! .. viens avec moi.

EVRARD, *avec tranſport.*

Je te ſuis par-tout.

ARSENNE *fils, toujours dans le même état.*

Je vais ſaiſir le chef de ces prêtres barbares. Sous ſon vêtement de Pontife, il ſentira le fer dans ſon cœur altéré de la ſoif de notre ſang.... Si mon bras faibliſſait....

EVRARD.

Je t'entends !

ARSENNE *fils.*

Que ne puis-je du même coup exterminer tous ſes miniſtres !

ARSENNE *pere.*

Dieu !... Mon fils !... Quel deſſein affreux, écoute moi...

ARSENNE *fils.*

Si vous les aviez vus comme moi dans cette nuit ſanglante, vos mains ſeraient déja dans leurs cœurs....

EVRARD, *prenant la main d'Arſenne fils.*

Je veux avoir l'honneur du premier coup.

LAURE, *à ſon époux.*

Arrête, la vengeance t'égare... Arrête, ſonge que dans ce ſein malheureux eſt enfermé peut-être un fils que tu vas priver d'un pere.

ARSENNE *fils, aliéné de douleur.*

Qu'il meure dans tes flancs, qu'il ne voie jamais le jour plutôt que de reſpirer l'air que ces monſtres reſpirent... Qu'a-t-il beſoin de naître ?... La vie n'eſt qu'un préſent horrible que je maudis, & que je déteſte.

LAURE.

Ah Dieu !

ARSENE *fils.*

Je ne vis plus pour lui, je ne vis plus pour toi...

LAURE, *avec un grand cri.*

Cruel !... Eſt-ce toi qui parles ?...

ARSENNE *pere.*

Mon fils !..

LAURE, *à ſes genoux.*

Aye quelque pitié d'une mere...

ARSENNE *fils, détournant la tête.*

Je ſuis mort pour vous tous, je ne vous écoute plus... Il n'exiſte plus de moi que deux bras armés pour la cauſe commune.

LAURE, *lui faiſant une eſpèce de violence.*

Je ne te quitte point, cruel !... Tes ſens ſont aliénés... Laiſſe déſarmer ton bras... Tu caches un poignard... Ah ! duſſes-tu m'en punir, je veux te l'ôter des mains.

ARSENNE *fils, la repouſſant.*

Qu'oſes-tu dire ?.. Tremble !.. Tu ne ſais pas... Ce poignard !.. Nul ne pourra l'arracher que de mes mains glacées... C'eſt un monument éternel du crime... Un ſang précieux empreint ſur ce fer en traits ineffaçables...

LAURE.

Tu me fais frémir... Un ſang précieux ! Tout le mien s'eſt glacé...

ARSENNE *fils.*

Malheureuſe !... Oſes encore le demander ?... Je l'ai retiré fumant du ſein de ta mere expirante... Il faut que mon bras le replonge tout entier....

LAURE.

Je me meurs !...

EVRARD, *voulant lui arracher le poignard.*

Il m'appartient... Céde, céde-le-moi.

ARSENNE *fils, avec un geſte terrible.*

Non, je le garde, il eſt à moi... Les cruels !.. Marchons !.. Ils m'ont aſſez montré comme l'on aſſaſſine...

EVRARD.

Je ne me connais plus !... Où ſont-ils les barbares ? Le ſang innocent des nôtres me crie, frappe... Dans chacun de ces prêtres je cours immoler un de leurs aſſaſſins.

ARSENNE *pere, s'oppoſant au paſſage.*

Vous n'irez pas plus loin, mes enfans, ou vous mépriſerez ma voix paternelle.

EVRARD.

Ceſſez de nous retenir. Nous revenons à notre tour tout couverts du ſang de nos éternels ennemis.

ARSENNE *pere, ſuccombant à moitié ſous l'effort.*

Arrêtez ... Eh quoi, voulez-vous me voir expirer à vos pieds ? .. Non, je ne me releverai point que vous n'écoutiez ma priere. (*Ses enfans le relevent en donnant des ſignes d'impatience & de fureur.*) Prêtez l'oreille à un vieillard qui touche à ſa derniere heure ... La douleur va conſumer le reſte de ſes ans ... Je ſens vos tranſports & les accès de votre déſeſpoir, mais répondez-moi, mes fils ? A quoi ſert la vengeance ? Ranime-t-elle les cendres de ceux qui ne ſont plus ? Hélas ! elle ne peut que rallumer la rage de nos bourreaux. Le fort écraſe le faible, & ſourit encore de ſon audace impuiſſante ... N'imitons pas les cruels catholiques : laiſſons-leur l'emploi du poignard, & s'il faut choiſir d'être le meurtrier ou la victime, plutôt mourir que de porter le nom d'homicide ... Le ciel en ce moment jette en mon ſein un rayon de ſa lumiere ; il m'éclaire, il m'inſpire, il me donne une juſte confiance en lui, & je vais t'étonner... Ce Prélat ſur qui tu veux porter tes mains déſeſpérées, ne partage point les fureurs de ſa ſecte. La renommée lui attribue des vertus douces & bienfaiſantes. Que ſait-on ſi loin d'être un barbare, il n'eſt pas au contraire juſte, doux, humain, compatiſſant...

ARSENNE *fils*

Lui !.. ſuppôt de Rome... humain ! compatiſſant !.. Ah ! ...

ARSENNE,

ARSENNE *pere.*

Mon cher fils, c'eſt après les ſcènes du carnage que l'ame plus tranquille apperçoit l'horreur du forfait, & tremble de le pourſuivre. L'effroi du paſſé entre alors dans les cœurs, & préſerve les dernieres victimes..., Aſſemblons-nous au Palais de l'Evêque. La ſainteté du lieu ſera notre force. C'eſt là un ſéjour de paix. Là ne paraiſſent jamais de ſoldats armés. Il n'eſt point dans cette ville d'autre refuge contre la violence. Si elle éclate contre nous, il ſera toujours temps de nous défendre lorſqu'on nous attaquera.

ARSENNE *fils.*

Oui, il ſera temps lorſque votre ſang rejaillira ſur moi, lorſqu'en tombant vous me tendrez vos mains faibles & tremblantes.... Eh quoi! vous voulez que je voie maſſacrer ma femme, vous, mon ami?.. Si le ciel me déſapprouve, qu'il daigne vous ſouſtraire à leur vue... Oui, grand Dieu mon bras eſt prêt à frapper; nul que toi ne peu le déſarmer. Que ton tonnerre me réduiſe en poudre avant de commettre rien qui puiſſe te déplaire, mais je me regarde en ce moment comme l'inſtrument de tes juſtes vengeances.

ARSENNE *pere.*

Aveugle! ouvre les yeux. Qui a veillé ſur toi dans l'horreur du maſſacre? Qui t'a enlevé du milieu des morts, ſi ce n'eſt ce même Dieu dont tu outrage aujourd'hui la clémence ? N'eſt-ce pas ſa main inviſible & puiſſante qui a conduit juſqu'ici tes pas, & tu ne compteras plus ſur ſa miſéricorde, ingrat, ſur cette miſéricorde qui s'eſt manifeſtée ſur toi avec tant d'éclat. Ce Dieu qui a étendu juſqu'à ce terme mes déplorables années peut prolonger notre vie au milieu de la troupe homicide. Leurs poignards tomberont devant nous comme ils ont tombé devant toi. Va, ce Dieu qui nous voit n'aura pas réuni notre triſte famille, pour la frapper enſemble & l'écraſer du même coup.

EVRARD.

Ne prêtons pas plus long-temps l'oreille à ce langage d'une timide vieilleſſe. Vous parlez de modération, mon pere, lorſque nous ſommes environnés de tigres furieux !... Dans l'extrême péril qu'a-t-on à ménager ? L'aſſaſſin eſt toujours lâche quand on prévient ſes coups. Tomberons-nous comme nos freres ? Ils ont été ſurpris, nous ne le ſommes pas... Irons nous offrir notre ſein aux meurtriers qui riront de notre faibleſſe, & leur ferons-nous dire encore que nous ne ſavons que pâlir & mordre la pouſſiere ?... Non, nos bras déſeſpérés auront quelque force... Mais c'eſt trop parler.... Tout eſt permis après cette horrible violation des loix. (*Allant à Laure.*) Ma ſœur, je te donne le dernier adieu.... Tu ſais qui je vais venger !

LAURE, *se soulevant avec effort.*

Mon frere !... Hélas ! où comptez-vous aller sans moi ?

ARSÉNNE *pere, dans la désolation.*

Ah ! ils ne m'entendent plus, ma fille, ils ne m'entendent plus.... Ils vont être des forcénés comme les catholiques ; ils vont allumer la colere céleste. (*Saisissant son fils qui sortait.*) Crains-toi, crains-toi, malheureux... Arsenne !.. Mon fils !.. Tu vas donc les justifier en les imitant.

ARSENNE *fils, reculant de surprise.*

Moi ! les justifier !

ARSENNE *pere, avec la simplicité de la vraie grandeur.*

Oui, tu comptes pour rien l'innocence... Tu n'as plus d'autre sentiment qu'une rage sanguinaire. Dieu va détourner ses regards de dessus toi, & tu mourras criminel... Mais ne crois pas que je t'abandonne. (*Avec éclat.*) Mes forces renaîtront pour te l'arracher ce poignard... Au moment que tu croiras frapper, je t'enchaînerai dans mes bras, je te crierai : *tu n'es plus un chrétien*, & t'arrachant à ton aveugle délire, je sauverai ta vertu toute entiere.

ARSENNE *fils, vaincu.*

Ah mon pere ! mon pere ! qu'a donc votre voix !.. Ciel... je tombe dans vos bras... ayez pitié de moi & de ma fureur... elle souleve encore mon ame, elle l'oppresse. Votre état est plus tranquille que le mien... Eh bien, dites-moi ce qu'il faut faire pour sauver ma femme, mon ami & vous... Dites, & j'obéis sans résistance... Quel espoir allez-vous me donner?

ARSENNE *pere, le tenant dans ses bras avec tendresse.*

Le plus sûr, le plus convenable aux circonstances; il faut, je te l'ai déja dit, il faut nous réfugier au palais de l'Evêque, nous y réunir tous... Là, rassemblés, nous trouverons, si mon cœur ne me trompe pas, un homme de paix où nous comptions rencontrer un barbare. Là, nos gémissemens ne formeront qu'une seule & même voix qui montera fléchir le ciel. Là, du moins nous serons en plus grand nombre, & s'il nous faut périr, nous nous défendrons avec plus de force & de courage, puisque nous ne formerons plus tous ensemble qu'une seule & même famille.

MENANCOURT.

La prudence s'exprime par la bouche du sage & vertueux Arsenne. Plusieurs de nos freres se sont déjà rendus dans ce Palais comme dans un sanctuaire inviolable. L'Evêque, à nos vœux supplians, pourra sentir son cœur s'émouvoir. Si, malgré nos prieres & nos cris plaintifs, il nous refuſe un aſyle à ſes pieds ; s'il nous rejette ſous le glaive des bourreaux, alors plus de grace; que nos bras armés du fer, ſoient auſſi prompts qu'inexorables. Mais cachons le glaive de la vengeance juſqu'à l'inſtant qu'il faudra frapper. Sachons nous moderer ; diſſimulons même, autrement leur triomphe ſerait facile, & notre perte certaine.

UN PROTESTANT, *élevant la voix.*

Ce projet parait le plus ſage, comme le plus ſûr ... Nous ſuivrons tous le même deſtin.

FOULE DE PROTESTANS.

Nous l'acceptons, nous l'acceptons. (*A Arſenne fils, l'environnant.*) Ami ! il faut l'adopter & te contraindre.

ARSENNE *fils dans leurs bras.*

Oui, mes amis, j'embraſſerai cet eſpoir puiſqu'il vous reſte ... Je me contiendrai, je me ſoumettrai à tout pour le ſalut général ... J'immolerai ma vengeance, ma vie, pour conſerver vos jours ... Mais veillez ſur ce que j'ai de plus cher ... Mon pere, ma femme, au nom de l'amour demeurez ici ...

LAURE, *vivement.*

C'eſt en vain ... Je ne puis te quitter.

AESENNE *fils, se jettant dans ses bras.*

Ah!

ARSENNE *pere, avec dignité.*

Allons tous, & n'oublions pas la vertu du chrétien, l'espérance. Qu'elle embrase nos cœurs de son feu divin & consolateur. Epouvantons nos bourreaux, mais par la fermeté. Tombons en martyrs, & non en assassins; & montrons en mourant que nous savons qu'il est une autre vie. Elevons enfin nos ames vers celui qui nous voit du haut des Cieux; c'est lui qui met un frein à la rage des méchants. S'il nous protege, nous ne périrons pas.

FOULE DE PROTESTANS.

Adressons nos vœux à l'arbître de nos jours...
Et demeurons résignés ensuite à ses décrets éternels.
(Ils lévent tous les mains au ciel.)

ARSENNE *pere, la tête découverte & les mains jointes.*

O Dieu des miséricordes! vois ce faible troupeau qui a toujours marché dans la voie de tes préceptes. Au moment où la fureur se déploye contre lui ne permets pas qu'il périsse tout entier. Désarme les ennemis d'une loi que nos peres nous ont transmise, & que nous n'abandonnerons pas, dussions-nous exposer mille fois notre vie pour elle... Grand Dieu, regarde en pitié ce troupeau fidele qui t'implore en t'adorant. Il espere en toi; il chantera constamment tes louanges; il te bénira, soit qu'il expire ſous le fer des bourreaux, ſoit qu'il revoie le temple où il a coutume de célébrer tes bienfaits & ta clémence.

LAURE.

O Dieu! ſauve mon frere, mon époux & mon pere.

ARSENNE *fils.*

O Dieu! daigne me pardonner mes fureurs. Je ne t'offre plus qu'un cœur repentant & ſoumis... Sauve ma femme & ces généreux amis.

EVRARD.

O Dieu! ſauve mon frere, & fais-moi la grace d'expirer.

FOULE DE PROTESTANS.

O Dieu! ſauve le vertueux Arſenne, & toute ſa famille.

ARSENNE *pere.*

Grand Dieu! fais tomber ſur moi ſeul les coups qui menacent ton peuple.., Que j'acheve ma longue carriere, & qu'il te loue en paix ſur ma tombe.

EVRARD, *embraſſant Arſenne fils.*

Ami!

ARSENNE *fils, embraſſant Evrard.*

Mon frere!

ARSENNE pere, *embrassant Laure & Suzanne.*

Ma fille! .. ma chere niece! ...

LAURE ET SUZANNE, *embrassant Arsenne pere.*

Ah mon pere! ah mon oncle!

FOULE DE PROTESTANS, *en s'embrassant réciproquement.*

Mon frere! .. Mon ami! Mon ami! .. Mon frere! ..

(*Ils sortent tous ensemble en observant toutefois un certain ordre.*

Fin du second Acte.

ACTE III.

(La scène est dans le Palais de l'Evêque.)

SCENE PREMIERE.

Le Théâtre représente l'appartement de l'Evêque ; un Diacre est dans le fond. Sur un des côtés du Théâtre est un bureau sur lequel sont plusieurs lettres décachetées.

JEAN HENNUYER *debout, la main droite appuyée sur un prie-dieu, & de l'autre se couvrant le visage. Il la lève vers le ciel au moment qu'il va parler. — Un grand Christ doit être au-dessus du prie-dieu.*

GRAND Dieu ! ... & ce sont des chrétiens ! ... Est-ce donc là l'exemple que tu leur donnas en mourant sur la croix. (*Il met un genou en terre.*) Seigneur, accepte l'amertume dont mon ame est remplie. Je t'offre mes pleurs en expiation ... Le reste de ma vie ne va plus être que douleur. (*Il reste dans un profond silence, il soupire : il prie : il se releve.*)

Quelle image épouvantable ! que de crimes ! ô superstition ! cruel fanatisme, quand cesseras-tu de profaner ma sainte religion.... D'un côté l'incrédule, de l'autre l'hypocrite... L'imposteur ambitieux qui corrompt l'esprit faible, & qui le pousse au meurtre.... Ah cruels ! si la vengeance vous portait à verser le sang de vos freres, fallait-il encore couvrir vos attentats de ce voile respectable & sacré !... Et vous Chefs des peuples, que n'en êtes vous les plus vertueux ? Vous bâtissez vos grandeurs sur de sanglans forfaits, & vous ne voyez point l'abîme éternel que vous creusez sous vos pas... O Médicis ! & toi Charles !.. O le roi que le ciel m'a donné, quels noms allez-vous porter sur la terre ? Quel rang allez-vous tenir dans la postérité ? Je tremble déja d'apprendre les châtimens reservés... Pere des humains, pere miséricordieux, ne les ménage point dans ce monde ; qu'ils servent à ta justice d'exemple effrayant, mais daigne les préserver dans l'autre des supplices éternels.

(*Il se remet à prier.*)

(*L'on vient parler au diacre. Celui-ci sort & rentre avec le grand-vicaire. Simon s'approche ; l'Evêque se léve.*)

SCENE II.

JEAN HENNUYER, SIMON, *Grand-vicaire.*

SIMON.

MONSEIGNEUR, le Lieutenant de Roi vient d'arriver, & demande à parler à votre grandeur.

JEAN HENNUYER.

Qu'on l'introduiſe.

(*Il va le recevoir. Simon eſt devant qui donne ordre aux domeſtiques d'ouvrir les deux battans. Tout le monde ſe retire.*)

SCENE III.

JEAN HENNUYER, LE LIEUTENANT DE ROI.

LE LIEUTENANT DE ROI.

MONSEIGNEUR, je viens vous faire part des ordres nouveaux que le Roi mon Maître vient de nous envoyer.

JEAN HENNUYER.

Dieu le garde ! Que nous veut-il ?

LE LIEUTENANT DE ROI.

Les ordres portent expreſſément qu'aucun réformé ne puiſſe échapper de cette ville.

JEAN HENNUYER, *alarmé.*

Qu'entends-je ?

LE LIEUTENANT DE ROI.

Les Proteſtans de Lizieux doivent ſuivre ceux de Paris. L'édit de mort eſt général. J'ai pris à cet effet de ſages précautions, & la garniſon eſt ſous les armes.

JEAN HENNUYER.

Et l'on demande de moi ?

LE LIEUTENANT DE ROI.

Que vous me ſecondiez, car nous devons agir de concert ; que vous inſtruiſiez votre clergé de ce qu'il doit faire ; que chacun de vos prêtres monte en chaire, & prêche aux catholiqnes de ſe montrer inexorables, & de n'avoir égard à aucune liaiſon du ſang ou de l'amitié. Que tout huguenot périſſe enfin au lieu où il ſera trouvé.

JEAN HENNUYER.

Mais dans la lettre que Sa Majeſté nous a écrite, elle s'excuſe de tout ce qui s'eſt paſſé. Elle déclare formellement de n'y être entrée pour rien. (*)

(*) Le Roi écrivit le premier jour aux Gouverneurs des Provinces qu'il n'avait aucune part au déſordre qui était le fruit de l'animoſité des deux maiſons de Guiſe & de Chatillon.

LE LIEUTENANT DE ROI.

L'ordre eſt changé. Sa Majeſté déclare Coligny coupable d'un complot qui devait lui ôter la couronne & la vie. Sa Majeſté s'attend à être ſervie avec autant de zele qu'elle l'a été à Paris par ſes fidéles ſerviteurs. Ce ſont ſes propres termes.

JEAN HENNUYER.

Mais, Monſieur, puiſque le Roi a changé deux fois d'avis, ne pourrions-nous pas en attendre un troiſieme, & dans un cas de cette importance, ne ſerait-ce pas le ſervir très-fidélement que de lui laiſſer le temps de la réflexion.

LE LIEUTENANT DE ROI.

Non, Monſeigneur : ceci eſt une affaire de religion, & vous regarde particulierement. Nos projets doivent être unanimes. Encore quelques heures, & la race de ces mécréans aura diſparu. Nos ſoldats brûlent de ſervir la cauſe des autels & du trône, & je crois que vos prêtres ne s'y prêteront pas les derniers.

---

qu'ils euſſent donc ſoin de faire entendre à tout le monde, que ce qui venait d'arriver n'apporterait aucun changement aux Edits de pacification, & qu'il commandait que chacun reſtat tranquille : mais dès le lendemain on dépêcha par toutes les villes du royaume des Catholiques accrédités, chargés d'ordres verbaux tout contraires (*Eſprit de la Ligue, tome II,*)

JEAN HENNUYER.

Aucun, Monſieur, croyez-moi : aucun ne participera à cette ſanglante trahiſon. Le pur miniſtere auquel Dieu nous a deſtinés, eſt d'enſeigner & non de violenter les conſciences, de prier & non de contraindre, d'annoncer la parole évangélique avec la flamme de la charité, & non de forger à notre gré une doctrine perſécutrice, oppoſée à celle de notre divin maître. Ce n'eſt que par des exemples de douceur, de modération & de vertu, qu'il nous eſt permis de convaincre autrui de la ſupériorité de notre croyance... Je ne connais point, Monſieur, d'autre voie pour convertir.

LE LIEUTENANT DE ROI.

Ce langage dans votre bouche aſſurément a de quoi m'étonner... Ainſi loin d'approuver la conduite du Roi, vous refuſez d'obéir à l'ordre qu'il vous envoye.

JEAN HENNUYER.

Oui, je ſuis loin de répondre aux ordres homicides que vous m'apportez...

LE LIEUTENANT DE ROI, *ſurpris.*

Y penſez-vous, Monſeigneur?

JEAN HENNUYER.

J'y penſe très-bien, Monſieur. Et depuis quand les conciles & les tribunaux ont-ils décidé qu'il fallait percer le cœur de celui qui ne penſait pas comme nous?

LE LIEUTENANT DE ROI.

Mais, ſongez-vous, Monſeigneur, que par une déſobéiſſance auſſi formelle, vous vous rendrez coupable du crime de leze-Majeſté au premier chef?

JEAN HENNUYER.

C'eſt en ne protégeant pas contre lui ſes ſujets que je croirais me rendre grandement criminel.

LE LIEUTENANT DE ROI.

Enviſagez, de grace, le péril où vous vous expoſez... Voilà l'ordre qui me concerne. Voici le vôtre... Liſez...

JEAN HENNUYER, *avec un noble courroux.*

Je refuſe, vous dis-je, de l'accepter... L'ordre me parait injuſte, cruel, inexécutable.

LE LIEUTENANT DE ROI.

Eſt-ce à nous d'examiner les ordres du Souverain? Dieu l'a mis ſur le Trône, il regne par lui. C'eſt à lui ſeul qu'il eſt reſponſable de ſes actions. Elles n'ont d'autre juge que la Divinité même.

JEAN HENNUYER.

Le Monarque, qui dit ne devoir répondre qu'à Dieu, dit en d'autres termes ne vouloir rêpondre à perſonne, car méconnoiſſant les loix, il méconnaît l'auteur de toute juſtice.

LE LIEUTENANT DE ROI.

Notre devoir eſt d'obéir. Nous ne répondons ni du bien ni du mal qui peut arriver. Nos ordres remplis, nous sommes dégagés du reste. Si chaque sujet se mêlait de peser les raisons du Monarque, que deviendrait alors son autorité ?

JEAN HENNUYER.

Cette maniere de raisonner convient parfaitement au militaire, lorsqu'il est en campagne, ou rangé en bataille devant l'ennemi. Comme il ne fait alors qu'un avec le tout, dont le Général est la tête & l'ame, le moment décide, & la volonté particuliere doit être anéantie. Mais répondez-moi, Monsieur : s'il venait toutefois un ordre à tel régiment de fondre sur tel autre de son parti, & de tourner les armes contre ses propres concitoyens, alors on supposerait, je pense, que c'est un malentendu, un moment d'erreur, de trouble, de vertige, & l'on se dispenserait, à ce que j'imagine de massacrer ses camarades. Il en est de même aujourd'hui. Un délire fanatique a transporté la Cour de Charles. Gardez-vous de confondre cette crise violente & passagere avec les loix fondamentales de la Monarchie : celles-ci peuvent être oubliées, mais elles seront toujours en vigueur, parce qu'elles se trouvent d'accord avec la conscience, l'honneur & la raison, bien différentes, par conséquent, de cet ordre furieux & insensé qui les outrage également. Comme le principe qui l'a dicté est cruel & absurde, cette volonté d'un homme doit être constamment

conſtamment rejettée par tout citoyen digne de ce nom.

LE LIEUTENANT DE ROI.

Monſeigneur, je n'admets point de ces diſtinctions, & je ne me pique pas de raiſonner ſi profondément.

JEAN HENNUYER.

Il ne faut pas raiſonner profondément pour ſentir qu'on eſt homme & chrétien, avant que d'être ſujet, que le Monarque qui paſſe n'eſt point la Patrie, qu'il eſt des bornes que le pouvoir Royal ne ſaurait franchir, ſans quoi le ſujet ne ſerait plus qu'un vil inſtrument de ſervitude; que la vertu enfin eſt de toute éternité dans le cœur de l'homme pour l'avertir quand il doit obéir ou réſiſter. Il eſt de ces ordres ſanguinaires que la Divinité même (s'il était poſſible qu'elle les donnât) ne pourrait faire adopter à l'homme juſte... Quoi! Charles âgé de vingt-deux ans ordonnera à des Prélats ſexagénaires, à de braves & anciens Officiers, d'égorger au premier clin d'œil cent mille de leurs concitoyens; & nous, étouffant toute équité, toute lumiere naturelle, nous ne ſaurions que nous baigner dans leur ſang... Si Charles venait à changer, s'il nous ordonnait de ſuivre le culte de ceux même qu'il vient de proſcrire, il faudrait donc, par le même principe, abjurer la foi antique de l'Egliſe & mépriſer le ſalut de nos ames... L'humanité, croyez-moi, a ses droits bien avant ceux de la Royauté. Qui ne parle plus en homme ne peut plus commander en Roi... Il faut donc, Monsieur, servir notre jeune Monarque en lui désobéissant, cela devient un devoir; & je ne serais pas étonné qu'il punît demain de mort, ceux qui auraient été assez lâches pour avoir hâté l'exécution de pareils ordres.

LE LIEUTENANT DE ROI.

Permettez-moi de ne point entrer dans ces détails. Il serait aussi inutile que dangereux de s'y arrêter ... Joignez-vous à moi, Monseigneur, je vous en prie pour la derniere fois ... Je serais forcé d'envoyer un grief contre vous, ne vous perdez pas ... Ceci pourrait avoir des suites plus funestes que vous ne pensez ... Laissez ces malheureux huguenots subir leur sort : le Roi ne fait sans doute, en les immolant, que prévenir leurs fureurs.

JEAN HENNUYER.

Ah Dieu! ce n'est donc pas assez de commettre le crime, on entreprend encore de le justifier...Vous m'avez assez entendu pour faire votre rapport, Monsieur ... croyez que rien ne pourra jamais me faire changer de réponse... S'il vous reste quelque chose d'humain, apprenez à penser comme moi.

LE LIEUTENANT DE ROI.

Je suis catholique romain, Monseigneur, & j'en fais gloire. J'obéis à ma religion. N'a-t-elle pas enseigné dans tous les temps à obéir aux Rois quels qu'ils soient. N'a-t-elle pas décidé qu'ils avaient la puissance du glaive ? N'a-t-elle pas défendu aux sujets de juger de la légitimité des desseins d'un Monarque, ni de celle des moyens qu'il jugerait à propos d'employer ? Quand le fils aîné de l'Eglise s'éleve contre des hérétiques, il affermit la gloire de son sceptre, & sa volonté devient une loi sacrée.

JEAN HENNUYER.

Vous êtes dans l'erreur, vous dis-je ?... Ceci est une œuvre de violence, de perfidie & de scélératesse. Vous renverseriez donc la patrie, si le chef l'ordonnoit ?... La loi a pour caractere non équivoque le consentement général de la nation : & depuis quand les peuples se sont-ils élus un Roi despote, arbitraire, absolu ? Depuis quand lui ont-ils remis le pouvoir de les égorger avec leur propre épée ? S'il régne sur eux, ce n'est que pour les défendre contre l'ennemi, pour maintenir l'harmonie dans l'intérieur du Royaume, pour veiller quand ils dorment, & non pour disposer de leurs jours au gré de son caprice.

LE LIEUTENANT DE ROI.

Mais si le Monarque a des coupables à punir ?

JEAN HENNUYER.

S'il a ce malheur, alors le cri universel doit constater le forfait, & déposer contre les criminels. Il est aisé de reconnaitre la voix publique ; elle se fait entendre, ou plutôt elle tonne au-dessus du diadême. Nulle excuse pour le Souverain qui y ferme l'oreille. Encore ne doit-il signer l'arrêt qu'après l'avoir lu écrit dans les yeux de ces hommes de loi, consacrés à la justice, interpretes & dépositaires des droits des citoyens, dont les vertus & les travaux ont gagné dès long-temps la confiance des peuples; il doit se redouter lui-même, & craindre sur-tout cette ambition cachée d'une plus grande autorité, qui conduit toujours à des démarches iniques. S'il méprise ces formes augustes, barriere utile à lui même comme aux autres, il tombe dans toutes les surprises qu'on lui a préparées. Son pouvoir devient une tyrannie énorme, & ses exécuteurs ne sont plus que ses complices.

LE LIEUTENANT DE ROI.

Votre refus est formel... Vous allez le signer, s'il vous plaît, Monseigneur... Je dois me mettre en régle.

JEAN HENNUYER, *prenant une plume.*

Oui, je le signerai, & de tout mon sang, s'il le faut. (*Il prend l'ordre, le parcourt des yeux, & les leve au ciel en soupirant.*) En croirai-je mes yeux? Quel monument pour la race future! » N'épargnez » ni les vieillards, ni les femmes grosses, ni en- » fans agissans & à la mammelle. (*) .. Dieu, qui

(*) Propres termes des ordres envoyés aux Commandans de Province par Charles IX & le Duc de Guise.

tiens en main le cœur des Rois, daigne changer le sien ! (*Il écrit, se leve, & prenant l'ordre qu'il remet au Lieutenant de Roi.*) Tenez, Monsieur, Dieu veuille que celui qui l'a envoyé le jette au feu en recevant ma réponse.

(*Le Lieutenant de Roi se retire, en regardant l'Evêque comme un homme perdu.*)

SCENE IV.

JEAN HENNUYER, SIMON.

SIMON, *accourant avec inquiétude.*

AH ! Monseigneur, qu'avez-vous fait ? Vous avez l'ame trop sensible. Votre humanité vous perdra.

JEAN HENNUYER.

Qu'osez-vous dire ? Appellez-vous humanité ne point égorger des hommes innocens ?

SIMON.

Eh ! que vous font-ils pour vous sacrifier pour eux ? Vous ne répondez pas de leurs jours. Laissez faire le Conseil du Roi. Il sert la religion & nous. D'ailleurs ces proscrits sont des hérétiques entêtés, qui ne respirent que la ruine de nos autels... Je regarde tout ceci comme un juste châtiment descendu du ciel.

JEAN HENNUYER.

Vous pensez ainsi, Monsieur... Certes, je ne savais pas avoir si près de moi un de ces hommes qui ne portent les habits sacerdotaux que pour le malheur des autres, & le scandale d'une loi sainte. Est-ce là le langage des Apôtres ? Où avez vous lu de pareilles maximes ? Rien n'est plus injurieux à la religion, ni plus contraire à son esprit que ces excès condamnés par l'Evangile, dont le premier précepte (vous devriez le savoir) est celui de la charité ; & le second, l'obligation de l'étendre jusqu'à nos ennemis.... Allez, renfermez-vous dans ma bibliothéque ; lisez-y l'Evangile. Méditez ce livre divin, & voyez si le fanatisme a jamais pû le faire servir à autoriser ses fureurs... Gardez-vous sur-tout de vous présenter à l'autel que vous n'y apportiez un cœur nouveau... Vous ne sortirez point sans mon ordre... J'irai vous trouver dans votre retraite, & vous remettre sous les yeux les vrais principes d'une loi que vous ne connoissez pas encore... Je remercie Dieu toutefois de vous avoir fait connaître à moi, afin que je puisse un jour vous réconcilier avec lui... Vous en avez besoin... Allez, & sachez vous repentir.

SIMON, *à voix basse.*

Oui, je me repens ; car de cette affaire-ci, je perdrai peut-être un bon bénéfice.

(*Il sort.*)

SCENE V.

JEAN HENNUYER, LES CURÉS DE LIZIEUX.

(On voit les Curés dans l'enfoncement. L'Evêque leur fait signe d'approcher.

JEAN HENNUYER.

SAGE Augustin, discret Césaire, & vous pieux Sebastien, approchez... Vous sentez mes douleurs, & vous les partagez.... J'ai vû couler vos pleurs au premier récit de ces fureurs que vous détestez; mais ce ne sont pas des larmes stériles que Dieu demande, ce sont des actions... Allez, que nos Eglises soient ouvertes; appellez-y les Chrétiens; recommandez-leur la paix; défendez-leur le meurtre & toute violence. Prêchez sur-tout la pénitence; le repentir est nécessaire. Que chacun se prosterne, & par de longues prieres cherche à désarmer la justice divine si cruellement outragée. Que ce soit à qui réparera le plus de crimes, à qui fera le plus de bien à ce reste d'infortunées victimes..... Hélas! il n'est qu'au pouvoir de Dieu d'effacer tant de maux.

Les Curés sortent après avoir humblement salué l'Evêque.

SCENE VI.

JEAN HENNUYER, UN DOMESTIQUE.

LE DOMESTIQUE.

MONSEIGNEUR, une foule de Proteſtans, hommes, femmes, vieillards, enfans, ont pénétré dans le portique de votre palais. Ils demandent tous à vous parler. Ils ont l'air troublé & même farouche... Je crains...

JEAN HENNUYER, *avec ame.*

Ils n'ont rien à craindre de moi, qu'aurais-je à craindre d'eux? Allez, que mes appartemens leur ſoient ouverts : dites-leur qu'en tout temps je les protégerai de tout mon pouvoir... Qu'il viennent... (*Avec ſurpriſe.*) Mais le Lieutenant de Roi encore, que veut-il?

SCENE VII.

JEAN HENNUYER, LE LIEUTENANT DE ROI

LE LIEUTENANT DE ROI.

Monseigneur, je reviens sur mes pas....

JEAN HENNUYER.

Eh bien, Monsieur ?

LE LIEUTENANT DE ROI.

Il est encore tems de vous joindre à moi, & rien n'aura transpiré. Je vous offre un moyen qui peut s'accorder avec votre façon de penser... Vous souffrirez seulement ce que vous ne pouvez empêcher.

JEAN HENNUYER.

Ce que je ne peux empêcher ? Qu'entendez-vous ? Parlez.

LE LIEUTENANT DE ROI.

J'ai réfléchi sur ma commission, & j'ai vu que votre désobéissance ne me dégageait pas, que je resterais toujours inculpé pour n'avoir pas pressé l'exécution : ainsi je vais notifier l'ordre, & disposer les troupes.

JEAN HENNUYER, *avec force.*

Et vous croyez que d'un œil indifférent je contemplerai ce massacre ! Vous vous êtes flatté que content de m'y être refusé par quelques mots, je me croirai quitte ainsi envers ma conscience, envers l'Etat... Non, non, je suis le pasteur, & je défendrai le troupeau. Ils ont sur mon cœur les mêmes droits que les Catholiques, & leur bien temporel ne me regarde pas moins que leur bien spirituel.

LE LIEUTENANT DE ROI, *fierement.*

Mais vous vous abusez étrangement, Monseigneur, mes soldats, à ce que je pense, ne sont pas sous votre commandement.

JEAN HENNUYER.

Que dites-vous? Je leur commanderai au nom de Pontife, si ce n'est au nom d'homme... J'irai, j'irai au-devant de leurs coups... Je couvrirai ces malheureux de mes vêtemens sacrés... Je tiendrai dans mes mains le Dieu de clémence & de paix, & nous verrons alors, nous verrons si les sacriléges passeront outre, s'ils fouleront aux pieds le Dieu & le ministre pour massacrer plus librement leurs freres. (*Il va ouvrir les portes lui-même à la troupe des Réformés ; Arsenne fils & Evrard sont à leur tête.*) Venez, venez, approchez, mes amis, ne craignez rien. Vous êtes ici sous ma garde. Ce palais est à vous. Désormais il vous servira d'asyle, & s'il le faut, de citadelle. Je réponds de vos jours. (*A plusieurs Prêtres qui sont présens.*) Qu'on apporte des vivres ; que tout le Clergé se rende en foule à ma voix ; qu'il vienne servir & déſendre ce peuple déſarmé. (*Aux Proteſtans.*) Mes freres, ce n'eſt point notre ſainte religion qui vous hait & qui vous pourſuit. Elle vous aime toujours comme ſes enfans égarés ; elle vous appelle ; elle vous tend les bras ; elle n'enſeigne aux hommes qu'à ſe traiter avec indulgence. Un zele aveugle & barbare, de fauſſes raiſons d'état font armer contre vos jours : mais le vrai Catholique reclame vos droits indignement violés. Loin de faire des martyrs, il ne lui eſt permis que de l'être.

ARSENNE *fils, à ſon pere.*

Quel langage, mon pere ! Comme il m'étonne ! (*A l'Evêque.*) Quoi ! ce ſerait vous qui nous protégeriez ?

JEAN HENNUYER.

Je rougis devant vous d'avoir à prendre votre défenſe, & contre qui ?... Reſtez dans mon palais. Tout l'or des autels coulera, s'il le faut, pour vous y nourrir, & le ſanctuaire où repoſe le Saint des ſaints va vous ſervir de refuge contre la barbarie, juſqu'à ce que la réponſe de la Cour ſoit arrivée, & que la voix de l'humanité ſe ſoit fait entendre.

ARSENNE *fils, à ſon pere.*

O Dieu ! eſt-il poſſible ?.. C'eſt un Prêtre, & il parle ainſi !...

ARSENNE *pere.*

Tu le vois, mon fils ; c'eſt Dieu qui l'inſpire.... Eſpérons toujours en lui.

JEAN HENNUYER.

L'enfer donne en ce moment la secousse la plus terrible au christianisme. (*En montrant les Protestans.*) Hélas ! nous étions prêts à les embrasser dans le même temple ; ils revenaient à nous, (*a*) & dans un instant fatal, voici que tout est embrasé.., Malheur, malheur à ceux qui ont dit que verser le sang de ses semblables, c'était honorer l'Etre suprême. Je viens démentir leurs horribles leçons. La vraie religion est celle qui est bienfaisante qui peint un Dieu comme pere de tous les humains, & qui le fait aimer, afin qu'il soit adoré de tous.

ARSENNE *fils*, *à part.*

Quelle morale pure & touchante !...

LE LIEUTENANT DE ROI, *à l'Evêque.*

Ainsi vous appellez ouvertement la révolte, & vous les soulevez contre le trône... Votre zele est indiscret, Monseigneur ; car je vous avertis que mes ordres s'étendent jusqu'à les arracher de ces lieux.

ARSENNE *fils.*

Vous l'entendez, mon pere ... le barbare !...

(*a*) Le jour du mariage, l'Amiral voyant aux voutes de la Cathèdrale, les drapeaux pris sur lui dans les journées de Jarnac & de Montcontour, dit tout haut, en les montrant au Maréchal de Damville, bientôt ils seront remplacés par d'autres plus agréables à des yeux François

JEAN HENNUYER.

Militaire féroce ! ma voix vous condamne au nom du Seigneur (*Étendant les mains, & appellant les Protestans.*) Venez, venez mes enfans, entourez-moi, pressez-moi... C'est sous ces mains paternelles que vous trouverez votre salut. (*Au Lieutenant de Roi.*) Laissez plutôt tomber ces indignes armes ; ne me forcez pas à vous les ôter des mains... Quoi ! ce serait dans le cœur de ces hommes vivans, dont l'œil vous implore, que vous demanderiez à porter le couteau ?

LE LIEUTENANT DE ROI, *élevant la voix.*

Vous avez rassemblé mes victimes. Vous me secondez en les protégeant... Je reviens, &...

(*Il se fait un grand tumulte.*)

ARSENNE *fils, s'élançant le fer en main sur le Lieutenant de Roi.*

Péris, barbare, péris....

(*Tous les Protestans tirent leurs armes.*)

JEAN HENNUYER, *couvrant le Lieutenant de Roi de tout son corps.*

Que faites-vous, amis ? Cruels ! arrêtez, que voulez-vous faire ?

ARSENNE *fils, menaçant.*

Prévenir ses coups, & la mort de ceux qui m'environnent.

LE LIEUTENANT DE ROI.

Où suis-je ?

JEAN HENNUYER, *protegeant toujours le Lieutenant de Roi.*

Percez plutôt ce ſein... Je mourrai content ſi je déſarme vos vengeances.

ARSENNE *fils, aux ſiens.*

Amis, c'eſt un Dieu!.. J'ai honte de ma fureur... Jettons bas ces armes, & tombons à ſes pieds. (*Tous tombent aux genoux de l'Evêque, & y dépoſent leurs épées. Arſenne fils proſterné.*) Héros de l'humanité! vois à tes pieds les glaives, qu'aveugles & furieux nous te deſtinions avant de te connaître... Nous courions en déſeſpérés donner la mort avant de la recevoir... Ta vertu nous déſarme: (*Au Lieutenant de Roi.*) Et c'eſt à elle ſeule, Miniſtre barbare, que vous devez ici la vie.

LE LIEUTENANT DE ROI.

Quelle audace! j'en frémis!

ARSENNE *pere, à l'Evêque.*

Pontife humain! ah! pardonnez-leur.... Égarés par le déſeſpoir, ils ſe perdaient ſans vous... Je reconnais dans vos paroles la voix de nos anciens patriarches... Eh! que tous les chefs de votre Egliſe ne vous reſſemblent-ils? Leurs vertus nous auroient dès long-temps gagnés. (*Il s'incline.*)

JEAN HENNUYER.

Relevez-vous, vénérable vieillard... L'attendriſſante vertu ſe peint dans tous vos traits... Relevez-vous, mes freres ... quel triomphe pour mon cœur!

Oh! que n'êtes-vous les enfans de ma loi ! (*Au Lieutenant de Roi.*) Voyez, Monſieur, ce que d'un côté produit la douceur, & de l'autre la violence ! Rendez-vous, croyez-moi. Trop de crimes ſe ſont déjà commis. La France a reçu une playe cruelle & profonde qui ſaignera long-tems. Elle aura perdu volontairement de ſa force ainſi que de ſa gloire, & tel ſera le fruit de l'intolérance ; elle amene à ſa ſuite tous les fléaux.

LE LIEUTENANT DE ROI.

Monſeigneur, je pars ſur le champ, & vais rendre compte à la Cour de ce qui vient de ſe paſſer.

JEAN HENNUYER.

Allez, Monſieur ... de mon côté je préviendrai auſſi la Cour, quoique nos intérêts ne ſoient pas faits pour ſe reſſembler.

SCENE VIII.

Les Acteurs précédens.

JEAN HENNUYER.

FAMILLES malheureuſes ! qui veniez chez moi chercher la vengeance, je vous pardonne, hélas ! vos égaremens : mais retenez bien de moi, & retenez pour toujours que les attentats de la cruauté ne s'effacent point par des attentats nouveaux, & que le moyen d'étouffer les diſcordes civiles n'eſt point d'imiter le fanatiſme, car alors il s'étend, il devient plus terrible & plus implacable... Je tremble que les deux partis plus acharnés....

ARSENNE *fils.*

Pardonnez, auguſte libérateur, pardonnez.... Oui, le déſeſpoir m'égarait.... Témoin du carnage de cette nuit épouvantable, je ne reſpirais que le meurtre....

JEAN HENNUYER, *avec le plus grand intérêt.*

Vous ſeriez un de ceux qui ont échappé? Vous vous êtes trouvé....

ARSENNE *fils.*

Si je m'y ſuis trouvé !.. J'ai vu maſſacrer ma famille entiere. J'ai vu des mains conſacrées aux autels... (*Lui baiſant la main.* Mais, hélas ! bien différentes de celles que je touche, ſe plonger dans le

ſang

ſang des miens. J'ai vu le ſourire de leur horrible joie inſulter aux ſoupirs des mourans... Ce ſont eux qui ont empoiſonné mon cœur des tranſports de la vengeance. Ce ſont eux qui dans ce palais conduiſaient mon bras ſur vous, ſur tous les vôtres.

JEAN HENNUYER, *ſe couvrant le viſage.*

O nuit, nuit exécrable! que ne puis-je t'effacer de la mémoire des hommes; mais non, vis, vis à jamais pour les épouvanter ſur eux-mêmes, en leur offrant le tableau de leurs propres fureurs... O ma patrie, ô ma religion, toutes deux ſi cheres à mon cœur, qui a déchaîné contre vous ces ennemis qui déchirent votre ſein, ces miniſtres impies & féroces qui vous trahiſſent & vous déshonnorent.

ARSENNE *fils.*

Hélas! ils nous aſſiegent encore; ils vont reparaître... en nous quittant, ce Lieutenant de Roi a jetté ſur nous un regard menaçant. Il va armer ſes ſoldats. Payés pour le carnage, ils ne ſavent qu'obéir... Je vous immolerai ma vengeance, ma vengeance qui m'était ſi chere : mais ſauvez ces femmes, ces vieillards, ces enfans, & ce qui reſtera ne craindra plus le fer des aſſaſſins

JEAN HENNUYER.

Je vous préſerverai tous. Ici le Lieutenant de Roi n'oſera rien entreprendre. J'obtiendrai de la Cour le ſalut général. Ces atrocités ſont trop étrangeres à l'homme pour être durables. Il ouvre enfin les yeux à la lumiere. La nature frappe les cœurs les plus endurcis, & le remords inévitable les transforme à sa voix.

ARSENNE *fils.*

Des remords ! eux ! ah ! c'est une illusion de votre cœur généreux... Hélas ! nous péririons malgré vous. (*On apperçoit ici des Officiers dans l'enfoncement.*) Ils viennent, je les vois ; ils s'avancent en troupe ; c'est fait de nous. (*Douloureusement.*) Sauvez seulement mon pere, ma femme ... & je meurs en vous bénissant.

JEAN HENNUYER, *avec force.*

Rassurez-vous, rassurez-vous.

(*Foule de Protestans environnant le Prélat.*)

Sauvez-nous, sauvez-nous .... nous allons tous périr..

JEAN HENNUYER.

Mes freres ! Bannissez, bannissez tout effroi... Je réponds de vos jours.

(*Les Officiers entrent en corps.*)

SCENE IX.

Acteurs précédens, TROUPE D'OFFICIERS.

L'OFFICIER *Major.*

Nous venons vous déclarer, Monseigneur, qu'aucun de nous ne marchera pour l'exécution préméditée ; l'office que l'on attendait de nous ne peut être éxercé que contre les ennemis du Roi & de son État. Écrivez de notre part à la Cour, que dans tout le militaire il ne s'est trouvé que des hommes courageux, prêts à voler aux actions les plus périlleuses, mais pas un seul bourreau. (*a*)

JEAN HENNUYER, *le pressant dans ses bras.*

C'est vous qui êtes les vrais Catholiques, les vrais enfans de la patrie & de la religion : vous les

(*a*) On sent bien qu'on a voulu consacrer ici l'exemple trop peu suivi de plusieurs Commandans de province qui eurent la probité & le courage de rejetter les Ordres de la Cour. Tels furent le Comte de Tende en Provence ; Gordes en Dauphiné ; Chabot, Charni en Bourgogne ; Saint-Heran en Auvergne ; de la Guiche à Mâcon ; le Vicomte d'Orthe à Bayonne ; Thomasseau de Cursay à Angers. Le nom de ce dernier a été recueilli par M. Felibien des Avaux, historiographe du Roi, dans les Mémoires de M. Poullain, *déjà cités*, pag. 36.

ſervez toutes deux à la fois, vous ſerez chéris & honorés par elles dans les temps les plus reculés, & vos noms, brillans d'éclat, deviendront les noms les plus chers au génie bienfaiſant de l'humanité

ARSENNE *fils, à l'Evêque.*

Ah! c'eſt vous qui inſpirez votre vertu à tous ceux qui vous approchent... Que ne peut l'exemple d'une charité ſublime & courageuſe!

Un autre OFFICIER.

Si nous nous ſommes prêtés à quelques démarches ſecrettes, c'eſt que nous avons ignoré juſqu'à ce moment quelle était la nature des ordres auxquels nous refuſons d'obéir. Nous ſommes tous d'accord pour protéger ceux dont on exigeait que nous fuſſions les aſſaſſins; s'il s'en trouvait un ſeul parmi nous qui balançât, nous l'enverrions ſuivre le Lieutenant de Roi, qui va mendier au Louvre une récompenſe: la nôtre eſt au-deſſus de tous les bienfaits des Monarques.

ARSENNE *pere, avec tranſport.*

Je les reconnais, ces braves guerriers, tels que je les ai combattus.

Un jeune OFFICIER.

Si notre refus déplait à la Cour, ſi elle traite de revolte une action juſte, j'aime mieux renoncer à la gloire des combats, que de déshonorer ce fer que je garde à l'ennemi.

JEAN HENNUYER.

On n'eſt jamais criminel pour refuſer d'être perſécuteur, quelque ſoit le prétexte : ſi le Conſeil vous condamne, l'univers entier vous admirera. Qu'avez-vous à redouter ? vous avez accompli les loix les plus ſolemnelles de la nature & de la religion... Cependant ſi vous le voulez, vous pouvez tout rejetter ſur moi ; quiconque fait ſon devoir ſuivant les mouvemens de ſa conſcience, n'eſtime la vie que pour faire le bien, & n'a rien alors à craindre des Rois.

ARSENNE *fils, aux ſiens.*

C'eſt un homme inſpiré... Ah ! chere Laure ; je vivrai donc pour toi... (*Montrant l'Evêque avec une admiration reſpectueuſe,*) Je me ſacrifierais pour lui... Nous lui devons tous le jour que nous reſpirons.

LAURE.

Cher époux !... je veux que nos enfans apprennent ſon nom immédiatement après celui de Dieu, & que ce nom ſi cher, à jamais gravé dans nos cœurs ſoit béni dans leur bouche chaque jour de leur vie !

EVRARD, *embraſſant ſon ami.*

Et qui de nous pourra jamais oublier tant de grandeur & d'humanité.

(*Ici paraiſſent les Curés de Lizieux.*)

SCENE X. & derniere.

Acteurs précédens, troupe de Curés.

JEAN HENNUYER.

APPROCHEZ, dignes Pasteurs que j'ai choisis pour me seconder, & à qui la religion doit son auguste triomphe ; que ce jour, où le catholique parait digne de ce nom ; soit le plus beau de notre vie.... Il vous reste à faire connaître au Chrétien qui s'est séparé de nous, l'excellence de nos maximes pour la plus grande perfection des mœurs : mais que la charité commence l'ouvrage... Courez, embrassez chacun de ces infortunés ; qu'ils retrouvent en vous les parens, les amis qu'ils ont perdus. Tâchons, à force de bienfaits, de fermer les blessures que leur cœur a reçues.

Les Curés sont suivis d'une foule de Catholiques de chaque paroisse qui, changés par leurs prédications, embrassent les protestans & leur parlent avec l'effusion de l'amitié & de la tendresse.

ARSENNE *pere.*

Que n'avons-nous toujours été ainsi unis !.. tel était le précepte & le vœu de l'humanité. Pourquoi a-t-il été si fréquemment trompé ?... Ah !

j'ai retrouvé des hommes. Ils me font connaître que ce n'est pas leur loi qui ordonne la haine. Que dis-je, ils s'exposent à toute la colère de la Cour (*) pour nous sauver. Voilà les héros chrétiens.

JEAN HENNUYER, *prenant Arsenne pere par la main.*

Allons donner à tous l'exemple de la fraternité; marchons ensemble par la ville; que les deux partis s'appaisent en voyant l'image de la concorde, & que le pere des humains, offensé des crimes qui couvrent la face de la France, daigne arrêter un regard de bonté sur ce petit coin du Royaume.

Les Curés se confondent avec les réformés, & le digne Prélat sort le dernier, en tenant la main du vieil Arsenne. Les Officiers ferment la marche.

(*) En effet, voici ce qu'on lit dans l'excellente histoire intitulée *l'Esprit de la Ligue*, que j'ai déja citée plusieurs fois avec complaisance, parce que je ne puis en citer une meilleure. » La mort précipitée du Vicomte d'Orthe & du Comte » de Tende a fait croire que leur générosité fut récompensée » par le poison.

FIN.

www.ingramcontent.com/pod-product-compliance
Ingram Content Group UK Ltd.
Pitfield, Milton Keynes, MK11 3LW, UK
UKHW020401230726
13925UKWH00003B/1217

9 782013 572026